어쩌면 당신이 원했던

MYSTERY CIVILIZATION

II 잃어버린 문명

어쩌면 당신이 원했던

MYSTERY CIVILIZATION

Ⅱ 잃어버린 문명

미스터리 문명

김반월의 미스터리 지음

Booksgo

꼬리에 꼬리를 무는
세상의 의문들

어렸을 때부터 밤하늘이 궁금했다. 반짝이는 별들을 바라보면 어김없이 '과연 저 드넓은 우주 어딘가에 우리와는 또 다른 외계 생명체가 있지 않을까? 만약 그렇다면 그들도 우리와 비슷한 모습과 비슷한 생각으로 살고 있을까?'라는 생각이 들었다. 생각은 꼬리에 꼬리를 물었고 결국 '그전에 그들에게는 우리가 외계인일 텐데 우리 인간은 언제, 어떻게 탄생하게 된 것일까? 생명의 탄생은 꼭 지구에서만 가능할까?'라는 생각까지 이어졌다. 그렇게 시작된 의문은 멈추지 못하여 밤잠을 설치기도 했다.

어차피 답도 없는 문제를 가지고 혼자 끙끙 앓고 있는 건 시간 낭비라며 누군가는 나를 비웃기도 했다. 틀린 말은 아니었기에 난 그런 시선을 웃어넘겼다. 적어도 현대의 과학 수준으로는 답을 알 수 없는 질문들이었으니 말이다. 하지만 호기심은 인간의 타고난 본성이 아니던가. 나는 그저 이러한 상상을 하는 게 즐거울 뿐이다. 나에게 호기심은 취미이자 특기다. 그렇기에 선물을 받을 때면 미스터리 책을 주로 받아왔고, 책을 읽고 나면 학교에서 매일 아침 친구들에게 새로운 미스터리를 소개해 주는 게 낙이었다.

'누군가에게 취미를 공유하는 것'에서 행복을 느끼기 시작하던 때가 이쯤이었다. 어떻게 해야 책에서 본 이야기를 더욱 흥미롭게 전달할 수 있을까 매일같이 고민했고, 결국 그림까지 배웠다. 미스터리를 만화로 그려내면 훨씬 더 재미나고 흥미롭게 이야기를 들려줄 수 있을 것이라는 생각때문이었다.

역시나 효과는 대단했다. 나의 만화 연습장은 교내에서 인기를 얻었고, 그중에는 새로운 스토리를 빨리 그려 내라며 재촉하는 친구들까지 있었다. 누군가 내 이야기를 기다리는 것은 말로 설명하기 힘든 묘한 흥분이 들고 왠지 모를 책임감까지 생겼다. '미스터리 다큐멘터리 PD'라는 꿈이 아마 이때 결정된 듯 싶다.

그렇게 밤낮없이 영상을 공부하기 시작했다. 그림을 배우던 그때보다 더욱 혹독한 시간이었다. 영상은 자체적인 퀄리티뿐만 아니라 대본을 위한 글쓰기 능력 그리고 무엇보다 내가 만

족스러워할 만한 작품이 나와야 한다는 생각에 몇 년을 준비해 2021년이 되어서야 유튜브 채널을 개설할 수 있었다. 그게 바로 '김반월의 미스터리'다. '김반월의 미스터리'는 고대 미스터리를 비롯해 초자연 현상 미스터리까지 모든 미스터리를 다양하게 다루고 있다.

　1장에서는 수많은 이가 풀어내려 했지만, 그 누구도 비밀을 밝히지 못했던 세계 7대 불가사의를, 2장에서는 한 번쯤은 들어 봤거나, 혹은 생전 처음 들어 보는 세상에 존재하는 신비의 공간을 3장에서는 전 세계에서 일어난 초자연 현상을 다룬다.

　　　　　　　　　　　　　　　　　　　김반월의 미스터리

2장   세상에 존재하는 신비의 공간

3장   초자연 현상의 목격자

신이 남긴 흔적

모아이 석상은
누가 세웠는가

작은 섬의 기괴한 석상들

1722년 네덜란드 탐험가 야콥과 그의 선원들은 태평양을 항해하던 중 멀리서 봐도 눈에 띌 만큼 기이하게 작은 섬 하나를 발견한다. (작은 섬은 현재의 이스터섬에 해당한다.)

"저기에 원래 섬이 있었나?"

"글쎄 지도에는 없는데… 한번 가서 확인해 보자고!"

잠시 후 섬 가까이에 도착한 야콥은 자신의 두 눈을 의심케하는 놀라운 광경을 목격한다!

당시 그가 작성한 항해일지에 이렇게 기록되어 있다.

'사람이 옮겨 놨다기엔 너무나도 거대한 석상들이 섬 둘레

모아이 석상

를 따라 빼곡히 세워져 있고, 그 개수는 무려 887개나 된다.
이곳은 정상적인 섬이 아니다!'

야콥이 봤던 석상은 무엇이었을까? 그는 생전 처음 보는 기
괴한 광경에 조심스레 섬에 다가가 배를 정박했다. 행여나 섬
주민들이 야콥 일행을 적으로 인식하여 공격할지도 몰랐기에,
야콥 혼자만 섬에 입장할 계획이었다.

하지만 예상 밖으로 섬의 원주민들은 굉장히 호의적이었고,
이미 해안가 근처에 살던 아이와 어른은 야콥 일행을 맞이하기
위해 마중까지 나온 상태였다. 섬에는 총 5,000명 정도의 원주
민들이 살고 있었다.

야콥 일행은 오랜 항해 탓에 많이 지치기도 했고, 아까 본 기괴한 석상들에 대해 조사도 할 겸 섬에서 며칠간 머무르기로 했다.

　야콥은 주민들에게 석상에 관한 이야기를 꺼냈다. 그들은 섬에 있는 석상들을 '모아이'라 부르며 숭배하고 있었다. 하지만 모아이 석상의 기원을 알고 있는 사람은 그 누구도 없었다.

　'대체 누가 수백 개나 되는 이 거대한 석상들을 태평양 한가운데 가져다 놓았단 말인가? 혹시 섬 주민들이 직접 석상을 세운 건 아닐까?'

　그렇다기엔 석상의 무게가 터무니없이 무거워 그럴 가능성은 작았다. 모아이 석상의 평균 높이는 5m, 무게는 약 15톤이다. 가장 무거운 석상은 무려 90톤에 육박한다. 학자들의 말에 따르면 모아이 석상은 기원후 약 400년경에 만들어졌다고 하는데, 첨단 건축 기술과 운반술이 발달하지 못한 옛날에 거대 석상을 887개나 만들고 운반했다는 것은 불가능하다.

　다시 한번 강조하지만, 이곳은 남태평양 한가운데 있는 고립된 섬이다. 누군가 섬 밖에서 가져다 놓았을 리는 없다. 그럼 지금부터 모아이 석상의 미스터리에 꾸준히 제기되는 가장 유력한 가설 세 가지를 알아보자.

종교 행위를 위해
주변국인 칠레에서 제작했다

모아이 석상이 발견된 이스터섬은 칠레의 관할 지역이고 887개의 석상 중 864개는 희한하게도 하늘을 바라보고 있다. 이는 마치 신이나 절대적인 존재를 숭배하기 위한 표식처럼 보인다.

'그럼 혹시 칠레에서 제작했던 건 아닐까?'

하지만 한 가지 의문점이 있다. 당시 칠레의 기술은 굉장히 낙후되어 있어 암석의 운반 수단으로는 통나무를 바닥에 깔고 그 위에다 돌을 얹어 운반하는 방식을 이용했는데, 문제는 이 스터섬에는 통나무가 전혀 없다는 점이다.

석상을 옮기는 칠레인

대신 2,000만 그루의 야자수가 자라긴 했지만, 아쉽게도 겉은 딱딱하고 속은 물렁물렁해 모아이 석상을 지탱하기에는 불가능하다는 연구 결과가 나왔다.

이스터섬의 석상 중에는 해안가까지 미처 도달하지 못하고 운반 도중 쓰러져버린 석상들도 적지 않았다. 연구원들은 이 석상들의 바닥 부분 테두리가 굴곡지다는 새로운 사실을 발견했다.

연구팀은 5톤짜리 복제품 석상을 만들어 실험을 진행했고, 그 결과 단 18명의 인원으로 운반이 가능하다는 것을 밝혀냈다. 현재까지 나온 가설 중에는 해당 방식이 가장 유력하나, 이 역시 복제된 석상의 무게가 고작 5톤에 불과하다는 함정이 있다. (실제 모아이 석상의 무게는 최대 90톤에 육박한다.)

모아이 석상을 만든 원주민 부족이 멸망했다

현재는 황무지인 이스터섬이지만, 모아이 석상이 지어지던 당시에는 야자수가 2,000만 그루나 있었을 만큼 빼곡한 정글이었다. 그런데 그 많던 나무와 정글은 다 어디로 사라져 버린 것일까?

일부 환경학자들은 이스터섬의 원주민들이 모아이 석상을

훼손된 모아이 석상

건설하기 위한 제작 도구로 생활에 필요한 모든 나무를 고갈시켰을 것이라 말한다. 즉 종교적 의식만을 위해 닥치는 대로 나무를 잘라대니 자연스레 이스터섬의 과일은 메말랐고, 심지어 물고기를 잡을 뗏목조차 못 만들 지경에 이르니 식량이 부족해진 원주민들은 서로 살육하게 되었다는 주장이다.

이후 목숨에 위협을 느낀 이들은 당시 간부를 상징했던 석상으로 타깃을 돌렸고 석상의 눈과 모자를 훼손시켰다고 한다. 멸망한 원주민 부족이 모아이 석상을 만들었다는 가설이다.

모아이 석상은 외계인이 제작했다

미스터리를 이야기할 때면 항상 단골로 나오는 이야기가 외계인이다. 외계인이 아니면 딱히 답이 나오지 않기 때문이다. 당대의 기술로는 90톤에 달하는 석상을 옮긴다는 게 도저히 설명이 되지 않기에 어떻게 보면 외계인이 제작했다는 가설이 가장 유력할지도 모른다.

무려 90톤에 달하는 거대한 석상들을 옮기고 조각했다는 것은 당시 원주민들의 능력으로는 도저히 불가능해 보였다. 일부 연구진은 이에 대한 해답을 외계인의 개입에서 찾고 있다.

"먼 옛날, 이 섬을 방문했던 외계인들이 기념으로 가장 큰 모아이 석상을 만들어 놓았을 가능성이 큽니다."

그들은 당시 원주민들로서는 감당할 수 없었던 이 거대한 석상들이 외계인의 기술로 제작되었다고 주장한다.

"이 거대한 석상들을 옮기고 조각한 것은 당시 원주민들의 능력을 넘어섰습니다. 그렇다면 외계인의 기술이 동원되었을 가능성이 크죠."

연구진은 이렇게 주장했다. 당대의 기술로는 도저히 설명할 수 없는 이 유물들이 외계인의 손길을 거쳤을 것이라는 의견이다. 더불어 원주민들이 남긴 다른 유물들에서도 외계인의 흔적을 찾아내고자 노력하고 있다.

"작은 모아이 석상들도 이 지역을 떠난 외계인을 숭배하기 위해 세웠을 가능성이 있습니다."

떠나간 외계인을 숭배하기 위해 원주민들이 작은 모아이 석상들을 세웠을 것이라고 덧붙였다.

현재도 이스터섬 모아이 석상의 정체를 둘러싼 논란은 계속되고 있다. 외계인 이론이 가장 유력한 가설로 떠오르고 있지만, 아직 확실한 답은 나오지 않았다. 앞으로 어떤 새로운 단서를 발견할지, 과연 외계인 이론이 입증될 수 있을지 귀추가 주목된다.

스톤헨지의 정체

영국에 있는 의문의 돌덩어리

영국의 대표적인 유적 중 하나이자 세계 7대 불가사의로 잘 알려진 스톤헨지는 지금으로부터 약 5,000년 전(추정) 고대 선사시대에 제작된 유적이다. 현재까지도 이 거대 돌덩이들을 도대체 누가 왜 만들었는지에 대한 의문은 여전히 미스터리로 남아 있다.

'돌 몇 개 놓여 있는 게 전부고 딱히 특별해 보이진 않는데, 왜 세계 7대 불가사의야?'

물론 규모로만 봤을 때는 다른 불가사의 유적들에 비해 비교적 평범해 보이는 건 사실이다. 구조 또한 매우 간단해 보인다. 하지만 고대에 지어진 건축물(구조물)이라고 해서 그 불가사의

스톤헨지

함을 간주하는 기준이 유적 자체의 크기나 화려함에서만 나오는 것은 아니지 않는가. 스톤헨지의 불가사의함은 단순히 유적 자체의 겉모습이 아닌 그 기능과 목적에서 나타난다고 할 수 있다. 그렇다면 세계는 왜 이토록 스톤헨지에 열광하는 것일까?

스톤헨지는 조작된 유적이다

각종 인터넷 커뮤니티에서 떠도는 스톤헨지의 낭설이 하나 있다. 바로 이 스톤헨지가 고대에 만들어진 유적이 아닌 관광 사업 목적으로 현대에 제작된 것이라는 주장이다. 믿기 힘든 이 낭설을 사람들은 왜 믿을까? 그 이유는 해당 조작설과 함께

크레인으로 스톤헨지를 올리는 사람들

제시된 몇 장의 사진들 때문이다.

　다음의 사진은 정장을 입은 사람들이 크레인을 이용해 스톤헨지를 올리고 있는 모습이다. 이 사진만 보면 스톤헨지가 조작된 유물이라는 생각이 들지 않겠는가? 하지만 사실 이는 1958년에 있었던 두 차례의 유물 복구 과정에서 촬영된 사진으로 밝혀졌으며, 터무니없는 논란도 금세 일단락되었다.

　당시 영국 정부는 손상이 심했던 스톤헨지의 암석들을 콘크리트와 철근을 이용해 보강 작업을 실시했고, 무너졌던 삼석탑을 크레인으로 다시 세운 것이, 사람들에게 와전되며 '스톤헨지는 조작된 것이다'라는 어처구니없는 낭설이 만들어진 것이다.

제1차 세계대전 당시의 스톤헨지

애초에 1910년대에 찍힌 스톤헨지 사진도 존재하는데 1950
년대에 제작되었다는 것은 어불성설이다. 이렇듯 간단한 해프
닝으로 마무리되었지만 아직도 스톤헨지가 조작된 유물이라
믿는 사람은 생각보다 많다.

스톤헨지는 천체 관측소였다

'외계인이 만든 것이다', '아더왕의 전설에 등장하는 마술사
멀린이 만든 것이다' 등 다양한 주장이 존재하긴 하지만, 현재
학계에서 가장 유력한 학설로 인정받고 있는 주장은 바로 이

스톤헨지의 힐스톤

스톤헨지가 고대에 사용하던 일종의 천체 관측소라는 것이다.

스톤헨지의 중심부에는 삼석탑이라는 돌이 하나 놓여 있고, 그곳에서 북동 방향으로 약 35m 떨어진 지점에 '힐스톤'이라 불리는 거대한 암석이 하나 세워져 있다. 이 힐스톤과 삼석탑의 배열이 1년 중 낮의 길이가 가장 긴 하지날의 일출과 동일선상에 있다는 것이 이 학설의 근거다. (실제로 많은 관광객이 하지날 스톤헨지의 일출을 보기 위해 이곳에 모여 소원을 빌기도 한다.)

'천체 관측소라면 굳이 큰 거석들을 이용해서 만들 이유는 없지 않나? 저런 거석을 옮겨 오는 것도 일일 텐데…'

그렇지 않다. 고대인들이 가졌던 천문대의 상징성을 단순히 현대인의 관점에서 판단한다면 큰 오산이다. 현대인에게 있어 천체를 관측한다는 것은 그저 과학이라는 한 가지 학문에 불과할지 모르지만, 고대인에게 있어 밤하늘의 천체는 숭배의 대상이자 신앙 그 자체였다. 즉 고대의 천문학은 단순한 학문이 아닌 종교적 관점으로 바라봐야 한다.

먼 옛날 약하디약한 인간들에게 어두운 밤은 정말이지 무서운 존재일 수밖에 없었고, 눈 부신 햇살과 함께 아침을 몰고 오는 태양은 고대인들에게 신이나 다름없는 경외의 대상이었다. 그래서 태양은 신으로 추앙받았다. 이러한 점을 미루어 볼 때 그들에게 태양은 수호신이었고, 힐스톤은 수호신을 숭배하기 위해 정밀하게 계산되어 만들어진 기념비인 것이다. 스톤헨지는 당시 고대인들이 자신들의 높은 천문 지식을 뽐내며 제작한 일종의 신전이 아니었을까?

스톤헨지는
여성의 '성적 상징물'을 표현한 것이다

비교적 최근에 등장한 가설로, 영국의 한 의학협회에서 제기한 주장이다.

'성적 상징물이라니… 제목이 조금 이상한데?'

논문을 발표한 사람이 산부인과 의사인지라 제목만 보면 처음엔 헉! 하고 놀랄 수도 있지만 알고 보면 굉장히 학술적이고

위에서 내려다본 스톤헨지

그럴싸한 주장이니 안심하기 바란다.

'그래서 성적 상징물이라는 게 뭔데?'

먼저 스톤헨지를 위에서 한 번 내려다보자.

산부인과 의사가 제시한 논문에 따르면 위에서 내려다본 스톤헨지의 모습이 여성의 생식기 모양과 굉장히 흡사한데, 이는 곧 생명을 창조하는 대지의 어머니를 상징한다는 주장이다.

참고로 고대 사회에서는 태양을 '아버지', 대지를 '어머니'로 섬겼다. 또한 대지의 어머니는 다른 말로 만물의 어머니라고도 불렸다. 여기서 잠깐 당시 고대인의 삶에서 가장 중요한 부분이 무엇인지 생각해 보자. 당연히 그들의 의식주와 모든 것을 해결해 주는 동물과 식물들이었을 것이다. 그리고 고대인들은 그 모든 동식물을 대지의 어머니가 창조한다고 믿었다.

산부인과 의사가 주장하는 스톤헨지는 고대인의 삶에서 가장 절대적이었던 동식물을 탄생시킨 '생명의 문'을 의미하는 건축물이자, 대지의 어머니를 숭배하며 만든 일종의 종교적인 구조물이라는 것이다. 또한 일각에서는 스톤헨지의 양 끝에 존재하는 거친 암석과 매끄러운 암석이 각각 아버지와 어머니를 뜻한다고 주장한다.

이 가설도 꽤 그럴싸하지 않은가? 스톤헨지의 힐스톤이 하지날 떠오르는 태양과 일직선상에 놓인 것 또한 아버지인 태양과 어머니인 대지가 짝을 이루는 합일을 상징했던 게 아니었을까 하는 의문도 든다.

아무튼 스톤헨지가 그 무엇이 됐든 무언가를 숭배하기 위해 제작된 종교적인 건축물이라는 것이 대부분 학자의 추측이다.

푸마푼쿠의
이름 모를 H 암석

130톤의 암석들로 만들어진 마을

1877년 프랑스의 탐사대가 볼리비아를 향했다. 그들의 목적은 볼리비아의 수도 라파스에서 60km가량 떨어진 안데스산맥, 그중에서도 해발 4,000m 위의 고산지대였다.

"우리도 갈 수 없는 그곳에는 기이한 것들이 있습니다. 대체 누가 만든 건지, 왜 만든 지도 알 수 없고, 그저 이름만 내려오고 있습니다."

볼리비아 원주민의 말만 믿고 해발 4,000m를 향하는 탐사대는 산을 오르며 하나둘씩 지쳐갔다. 하지만 원주민이 말한 장소에 도달하자 탐사대는 경악을 금치 못했다. 엄청난 양의 돌무리가 그들을 반기고 있었다.

푸마푼쿠 구조물의 일부

볼리비아의 전설 속 고대 유적지 '푸마푼쿠'라고 불리는 돌무리는 가히 압도적이었다. 해발 4,000m의 고산지대에 수십 톤에서 많게는 130톤에 달하는 암석들로 구성된 푸마푼쿠는 그 규모만으로 충분히 놀라운데 심지어 푸마푼쿠의 돌들은 모두 일정한 형태를 보여 주고 있었다. 바로 H 모양이다.

H 모양으로 정교하게 가공되어 있는 암석 중에서도 가장 긴 암석은 길이가 무려 8m, 무게는 131톤에 이르렀다. 그런데 문제는 거대 암석을 가져올 만한 채석장이 주변에 존재하지 않는다는 사실이다.

푸마푼쿠를 만들기 위해서는 무려 70km 떨어진 채석장에서부터 131톤의 어마어마한 무게의 암석을 가져와야 했다. 게다가 푸마푼쿠가 위치한 곳은 해발 4,000m로 산 밑에 있는 채석장에서 암석을 캔 후 131톤의 돌을 운반해 와야 한다.

의아함은 여기서 끝나지 않는다. H 모양의 암석은 한눈에 보아도 오차 범위가 전혀 보이지 않을 만큼의 완벽한 석조술을 자랑한다. 유심히 보게 되면 일정한 길이의 선이 그어져 있었으며, 내부에는 드릴로 뚫은 듯한 모양의 일정한 깊이를 가진 홈이 존재했다. 암석을 연구하며 모형을 제작하던 한 학자는 푸마푼쿠를 이렇게 평가했다.

'이 정도의 기술력은 어쩌면 현대 기술 못지않은, 아니 몇몇 방식은 현대 기술보다 더 나은 정도입니다. 고대 문명이 아무런 기계의 도움 없이 거대한 암석을 이렇게나 정교하게 제련한다는 건 말이 안 됩니다.'

고대 문명을 여럿 살펴보면 이러한 기술력을 가진 이들이 간혹 등장한다. 어쩌면 그들은 현대의 기술보다 더 뛰어난 기술을 가지고 갖가지 유적을 만든다. 그러한 유적은 주로 종교적 성향이 강하다. 마치 모아이 석상처럼 말이다. 하지만 희한하게도 푸마푼쿠는 종교적인 부분, 혹은 누군가를 상징하는 유적이 아닌 단지 H 모양의 암석만을 제작했을 뿐이다.

H 모양의 철근과 암석

여기서 푸마푼쿠에 한 가지 의혹을 품을 수 있다. 푸마푼쿠의 H 암석은 종교적 목적이 아닌 무언가를 제작하기 위한 재료는 아니었을까? 특히 오차 없이 일정하게 만들어진 크기와 일정하게 제작된 홈을 보았을 때 현대의 건축 재료 하나가 떠오른다. 바로 'H 빔'이다.

현대인의 건축양식이 급변하게 된 때가 바로 콘크리트와 H 빔이 등장했을 때다. 철로 된 H 빔과 푸마푼쿠의 H 암석을 비교해 보면 둘의 모습이 매우 흡사한 것을 확인할 수 있다. 그래서 우리는 먼 과거 H 암석이 어떤 거대한 건축물의 부품이나 재료로 사용되었던 건 아닐까 하는 추측도 가능해진다. 예를 들면 거대 성문의 경첩 같은 것 말이다.

더 큰 문제는 푸마푼쿠를 건축한 것으로 추정되는 아이마라인에게는 문자가 없었다. 문자는 문명을 이루기 위한 필수 요소다. 이는 곧 아이마라인은 문명을 만들 수 없었단 의미다. 문자가 없는 인류는 기술을 발전하기 위한 선대로부터의 정보 습득 그리고 후대를 향한 기술 전달이 불가능하다. 문명을 꾸릴 수 없는 상황에서 아이마라인은 어떻게 푸마푼쿠의 수많은 암석을 정밀하게 세공할 수 있었을까? 또 어떻게 이 거대 유적을 문자 하나 없이 협업할 수 있었던 것일까?

원주민에 따르면 푸마푼쿠는 어떻게 그리고 왜 만들어졌는지 전해지는 바는 하나도 없다. 수많은 사람이 투입되어 만들어졌을 유적지가 구전으로도 전해지지 않는 건 그들이 한순간에 사라지지 않는 한 불가능하다.

우리는 한 가지 떠올릴 수 있다. 고대 안데스산맥에 있으며 현대의 문명만큼 뛰어난 기술력을 가졌던 바로 세계 7대 불가사의인 고대 잉카 문명의 마추픽추다. 이 둘은 당시 문자가 없었고 고산지대에 있으며 심지어 어떠한 흔적과 기록도 남기지 않았다.

마추픽추와 푸마푼쿠는 현재까지도 수많은 의혹에 휩싸여 있다. 지구가 리셋 되기 전 초고대 문명의 잔재라는 설, 외계에서 온 거인족이 전파해 준 기술이라는 설, 푸마푼쿠가 전설의 도시 아틀란티스 문명의 잔재라는 설까지 수많은 주장이 존재하지만 푸마푼쿠 비밀은 여전히 하나도 풀리지 못한 채 미스터리로 남아 있다.

푸마푼쿠의 H 암석은 대체 무엇을 의미했던 것일까? 그 당시 아이마라인이 답해 주지 않는 한 그 누구도 모를 것이다.

버려진 정원 마추픽추

버려진 정원

지구상 가장 거대한 산맥이라 불리는 안데스산맥에는 신비한 비밀이 하나 있다. 바로 안데스산맥 중에서도 해발 2,400m라는 높은 고원 정상에 있는 고대 잉카제국의 성지인 마추픽추다.

산 밑에서는 전혀 보이지 않아 현지인에게는 '공중 도시'라 불리는 마추픽추의 또 다른 별명은 '잃어버린 도시' 혹은 '버려진 정원'이다. 과거 약 2,000명의 주민이 어느 날 한낮 한시에 흔적도 없이 증발해 버렸기에 지어진 별명이다.

마추픽추 (1)

잃어버린 거대한 제국

찬란했던 문명이었던 잉카제국은 1533년 멸망해 사람들의 기억에서 잊힌다. 잉카제국과 함께 역사의 뒤안길로 사라진 마추픽추가 다시금 재조명받은 건 1911년 미국의 한 고고학자에 의해서다.

당시 미국 예일대 역사학 교수였던 하이럼 빙엄Hiram Bingham 은 칠레에서 열린 학회에 참석 후 미국으로 돌아가려던 중, 지역 주민으로부터 신비한 도시 전설 하나를 듣는다.

"저기에 높은 산 하나 보이지? 저기 산꼭대기에 희한한 도시가 하나 있어…"

빙엄 박사는 주민이 가리킨 산을 보며 반신반의했다. 저 높은 산꼭대기에 도시가 있다고? 믿기 힘든 사실이었다. 하지만 원주민들 사이에서 대대로 전해 내려오는 이야기기도 하였고, 무엇보다 고고학자의 심장을 두드리는 말이었기에 안데스산맥을 오르기로 했다.

그렇게 약 5시간쯤 지났을까, 해발 2,400m에 있는 안데스산맥 정상에 다다른 빙엄 박사는 멍해졌다. 꿈이 아닐까 하는 생각에 눈을 몇 번 비비며 정말이지 믿을 수 없는 놀라운 광경을 바라보았다. 원주민의 말이 사실이었다.

마추픽추 (2)

산 아래에서는 절대 알 수 없었던 마추픽추가 안개 속에서 서서히 모습을 드러내기 시작했고, 빙엄 박사의 눈앞에는 정체를 알 수 없는 거대 도시 하나가 놓여 있었다. 1911년 7월 24일, 마추픽추가 세상에 재등장한 순간이다.

산 정상에 있는 마추픽추의 놀라운 사실은 이뿐만이 아니었다. 수천 개의 계단식 밭과 평균 20톤 정도의 암석으로 구성된 건물 200여 개가 정확히 신전과 궁전, 주택으로 구분되어 지어진 것이 마치 현대의 계획도시처럼 보였다.

하지만 빙엄 박사를 무엇보다 놀라게 한 것은 건축의 정교함이었다. 건물에 사용된 암석의 틈 사이가 종이 한 장조차 들어갈 수 없을 만큼 매우 정교하게 제작되었고, 그중 가장 큰 돌의 길이는 무려 8m가 넘었으며 무게는 360톤에 육박했다.

마추픽추와 피라미드 그리고 인티와타나

버려진 정원 마추픽추에는 막대한 보석과 장신구가 있었는데, 미국은 당시 페루가 유물을 보관할 환경이 안 된다고 생각해 몇천 개의 유물을 연구 목적으로 가져왔다. 그렇게 1911년 빙엄 박사의 지휘 아래 본격적인 마추픽추 발굴 작업이 진행되었고, 발굴을 진행할수록 마추픽추의 미스터리는 더욱 커져만 갔다.

최대 360톤에 육박하는 돌을 운반한 기술력 그리고 정교한 제련 방법은 당시의 기술력으로는 상상하기 힘든 일이었으며 무엇보다 이상했던 건 해발 2,400m라는 높디높은 안데스산맥의 정상에 마추픽추라는 도시를 건설한 이유였다. 도대체 마추픽추는 누가 만들었으며 왜 만들었을까?

여기에 더욱더 미스터리한 사실은 마추픽추에서 발굴되는 유물의 추정 연도가 들쑥날쑥하다는 점이었다. 이를 통해 학계에서는 마추픽추가 잉카제국 시기에 완성된 도시가 아닌 선사시대부터 후기 잉카제국까지 총 세 번의 시기에 걸쳐 만들어졌다는 설을 주장하는 이도 생겼다.

우리가 의문을 품어야 하는 건 당시 기술에 대한 원초적 질문이 아니다. 바로 건축에 사용된 기술이 어디서부터 시작되었고, 어떻게 발전한 것인지에 중점을 두어야 한다. 마추픽추나 피라미드 같은 고대 건축물이 불가사의로 규정된 이유가 바로 건축물들의 시초를 세상 어디에서도 찾아볼 수 없었기 때문이다.

세상에 존재하는 모든 과학과 기술 정보는 이전 단계가 분명히 존재하고, 일련의 발전 과정이라는 인과관계를 거쳐 세상에 나타난다. 쉬운 예시를 들자면 스마트폰 이전에는 2G폰이 있었으며, 2G폰 이전에는 삐삐가 있었다. 하지만 마추픽추는 발전 과정 없이 마치 하늘에서 뚝 하고 떨어진 것 같은 유물들이 존재했다.

마추픽추에는 후대를 위한 어떠한 기록도 찾아볼 수 없었다.

기록을 남길 문자가 존재하지 않았다는 건 이러한 기술과 정보를 후대에 전달할 방법도, 선대로부터 습득할 방법도 없었다는 의미다.

문명이 발전하기 위해서는 필수적으로 문자가 필요하다. 하지만 마추픽추에서는 문자를 찾아볼 수 없었다. 도대체 마추픽추는 어디서부터 그리고 누구로부터 세상에 존재하게 된 것일까.

말 그대로 불가사의한 일이다. 남겨진 어떠한 기록도 없기에 마추픽추의 진실은 가설만 존재할 뿐 누구도 명확한 해답을 내릴 수 없다. 물론 무수한 가능성이 열려 있기에 더욱더 흥미로운 것도 사실이다.

이토록 화려한 문명을 형성해 두고 마추픽추의 주민이었던 고대 잉카인들은 어디로 사라져 버린 것일까? 마추픽추는 무엇을 잃어버렸고, 도대체 누구에게 버림받았던 것일까?

차크몰에게
인간의 심장을 바쳐라

인간을 제물로 바치는 신전,
엘 카스티요

마야 문명에 대해 들어보았는가? 당시 천문학과 수학 분야
에서 독보적인 문명을 구축했던 마야는 세계 7대 불가사의로
알려져 있다. 하지만 이들은 신성함이라는 명목하에 아주 잔악
했던 풍습으로도 유명하다.

　멕시코 유카타반도에 있는 치첸이트사에는 마야인의 고도
화된 문명을 알려 주는 수많은 건축물이 남아 있다. 그중 가장
눈에 띄는 건 도시 심장부에 우뚝 솟아 있는 '엘 카스티요'라는
피라미드 형태의 건축물이다. 한눈에 보기에도 정교하게 건축
된 엘 카스티요는 당시 마야 문명의 고도화된 천문학과 수학적

엘 카스티요

지식의 정수가 고스란히 담겨 있다.

　우선 엘 카스티요의 4개 면에는 신전으로 오르는 계단이 각각 존재하는데, 이 계단의 개수는 한 면당 94개이며, 총 364개다. 여기에 신전으로 통하는 최상단의 계단 1개까지 포함하면 정확히 365개가 된다. 바로 마야인이 엘 카스티요의 계단을 통해 1년의 일수를 나타낸 것이다. 당시의 천문학적 지식으로 연간 일수를 알고 있다니 놀라운 사실이다.

　하지만 엘 카스티요의 실상을 알게 되면 마냥 감탄이 나오지 않고, 오히려 거북하기까지 하다. 엘 카스티요는 신에게 제물을 바치는 제단이었으며, 신에게 바치는 제물은 바로 '인간'이었다. 인간을 제물로 바치는 그들만의 신성한 의식을 위해 365개의 계단을 강박적으로 건축한 마야 문명과 엘 카스티요를 살펴보면 공포스러움까지 느껴진다.

명예로운 죽음이냐 개죽음이냐

마야인의 천문학적이고 치밀한 설계는 여기서 끝나지 않는다. 엘 카스티요에는 매년 봄과 가을에만 나타나는 형상이 있다. 농사의 시작을 알려 주는 춘분이 되면 피라미드에는 마치 뱀의 신 쿠쿨칸이 내려오는 듯한 형상이 만들어진다. 마야인은 이것을 신의 계시로 받아들여 한 해의 풍요를 기원하고자 인신공양을 진행하였다.

그렇다면 마야인 모두는 성스러운 마음으로 기꺼이 제물이 되고 싶어 했을까? 엘 카스티요의 맞은 편을 보면 그런 것만은 아닐 수도 있겠다는 생각이 든다. 맞은 편에는 공놀이를 위한 커다란 구기장이 마련되어 있는데, 여느 구기 종목과 마찬가지로 골대에 골을 넣는 간단한 경기가 펼쳐진 것으로 보인다.

하지만 이 구기장은 단순한 여가를 위해 마련된 곳이 아닌 목숨을 바치기 위한 곳이었다. 치첸이트사에 춘분이 찾아오면 구기 경기가 시작된다. 승자에게는 마야에서 가장 명예로운 상이 수여된다. 바로 인신 공양의 제물이 될 기회다. 죽을 수 있는 기회를 얻는 것이다. 현대인의 상식으로는 이렇게 반박할 수도 있겠다.

'그러면 경기를 일부러 패배하면 되지 않나?'

애석하게도 경기에서 패배한 이들은 즉시 처형되었다. 마야에서 가장 명예로운 죽음과 말 그대로의 개죽음이 바로 경기장에서 일어났다. 그래서 더욱 구기 경기에 참여한 모두는 어쩔수 없이 이를 악물고 뛸 수밖에 없었다.

차크몰에게 심장을 바쳐라

인신 공양은 거기서 그치지 않았다. 엘 카스티요에서 멀지않은 위치에 전사의 신전이 있다. 그곳에는 1,000개의 기둥으로 둘러싸여 있으며 신전 꼭대기에는 차크몰Chac Mool 석상을

차크몰

확인할 수 있다.

차크몰은 마야가 숭배했던 비의 신이다. 가뭄이 들거나 홍수가 날 때 신의 노여움을 풀기 위해 구기 대회가 개최했고, 경기의 승자는 차크몰 석상 위에 눕혀 심장을 꺼낸 뒤 차크몰에게 바치며 의식을 치렀다. 잔인하고 치밀한 방식으로 이뤄지는 인신 공양을 감히 상상조차 할 수 없다.

다만 현대인의 관점에서 보았을 때 의심스러운 부분이 한 가지 존재한다. 과연 마야의 지배층은 단순히 풍요를 위해 그리고 안녕을 위해 신에게 인신 공양을 행했을까? 굉장히 높은 수준의 천문학적 지식을 갖고 있었으며 우주를 꿰뚫어 볼 만큼 영리했던 마야의 지배층이 과연 기상 상태 하나조차 파악하지 못하여 인신 공양을 했다는 것에 의구심마저 든다.

어쩌면 마야의 지배층은 종교의식이 아닌 공포정치를 위해 인신 공양을 이용했을지도 모른다. 적어도 목숨마저 쥐락펴락할 수 있다는 인식이 각인되었을 건 분명하다. 통치자가 죽음의 공포를 통해 하층민을 세뇌하기란 쉬운 일이었을 것이다.

치첸이트사는 여기서 끝나지 않는다. 엘 카스티요의 지하에는 숨겨진 동굴이 하나 있다. 정교하게 지어진 건물 아래 뜬금없이 위치한 동굴은 최근까지도 입구를 찾는 탐사가 활발히 진행 중이다.

이 비밀스러운 동굴의 입구가 발견된다면 잔악무도하게 이뤄진 인신 공양의 현장을 조금 더 확실히 확인할 수 있을지도 모른다.

치첸이트사에는 명예의 전당도 존재한다. 이름하여 촘판틀리 제단으로 이곳은 인신 공양이 된 제물을 기리기 위해 세워졌으며 당시 마야인의 가장 큰 명예는 촘판틀리 제단에서 자기 얼굴이 새겨지는 일이었다. 하지만 죽으면 무슨 소용이겠는가? 지금이라도 그들의 죽음에 애도를 표한다.

사탄의 성경 코덱스 기가스

성경 그리고 사탄

성경과 사탄, 어울리지 않는 두 단어다. 하지만 세상에는 '사탄의 성경'이라 불리는 책이 존재한다. 바로 《코덱스 기가스 Codex Gigas》다. 현재 스웨덴 국립 도서관에서 보관 중인 《코덱스 기가스》는 겉보기에는 언뜻 평범하게 보일 수 있지만, 《코덱스 기가스》를 펼치는 순간 세계의 불가사의라 불릴 만큼 미스터리한 이야기를 마주할 수 있을 것이다.

《코덱스 기가스》

단 한 사람이, 단 하루 만에

1200년 즈음, 보헤미아 동부에 있는 베네딕트 수도원에서
한 책이 제작된다. 길이 1m에 두께 0.5m에 달하는 거대한 책으
로 무게는 무려 일반 성인 남성의 몸무게와 흡사한 75kg에 육
박한다. 이 책에는 의학과 생리학, 고대학, 건축학, 연금학, 수사
학 그 밖의 수많은 학문과 함께 주술, 엑소시즘과 같은 종교적
인 부분까지 모두 담겨 있다. 그렇기에 혹자는 이 서적에 인간
의 모든 지식이 담겨 있다고 평가할 정도다.

이 책의 이름은 《코덱스 기가스》다. 말 그대로 거대한 책을 뜻한다. 문제는 이 거대한 책을 한 사람이, 그것도 단 하루 만에 집필했다는 사실이다.

"《코덱스 기가스》를 한 사람이 집필했다고 가정했을 때 단순히 글자수로만 계산하더라도 최소 7년이 걸리는 양입니다. 게다가 《코덱스 기가스》에는 수많은 삽화가 포함되어 있어요. 이는 한 사람이 최소 20년간 《코덱스 기가스》만 집필했을 때 완성할 수 있는 분량입니다. 여기에 수도사로 사는 생활을 고려해 본다면 《코덱스 기가스》는 최소 30년 이상이 소요되는 큰 작업입니다."

《코덱스 기가스》의 방대한 내용 때문에 몇몇 학자는 《코덱스 기가스》가 하루 만에 쓰였다는 사실을 부정했다. 하지만 이 논리에는 맹점이 있었으니 바로 필체다.

30년이 지나도 변하지 않는 필체

사람은 변한다. 하물며 글씨체는 30여 년이라는 세월이 지나면 함께 변하기 마련이다. 그런데 《코덱스 기가스》의 필체는 시간의 흐름을 부정이라도 하는 것처럼 첫 페이지에서부터 마지막 페이지가 모두 동일한 필체로 쓰였다. 현대의 컴퓨터 자판으로 작성된 책이라고 해도 믿을 정도로 일체 흐트러짐 없이 작성되었으며 이는 이질적이기까지 한다.

필적은 작성자의 감정 상태, 피로도, 작성 환경 등 다양한 변수에 따라 미묘한 변화가 있을 수밖에 없다. 하지만 《코덱스 기가스》는 그마저도 일관된 모습을 보여 주었는데 이를 통해 우리는 하나의 결론에 도달할 수 있다.

"《코덱스 기가스》의 필적에서는 그 어떠한 감정도 느껴지지 않습니다. 오탈자는 물론이거니와 그 흔한 실수조차 용납하지 않은 모습입니다. 또한 책에 사용된 모든 잉크는 단 하나로만 사용된 것을 확인할 수 있습니다. 초월적인 어떤 존재가 단기간에 쓰지 않고서는 있을 수 없는 일입니다."

우리는 학자의 말 중에 초월적 존재라는 말에 주목할 필요가 있다. 《코덱스 기가스》는 성경이기에 천사를 말하는 것 같지

《코덱스 기가스》 속의 초월적 존재

만, 이 그림을 보면 그런 생각은 전혀 하지 못할 것이다.

2개의 뿔과 갈라진 혀 그리고 날카로운 손톱까지. 어딜 봐도 천사보다는 악마의 모습에 가까운 이 그림은 《코덱스 기가스》의 중반부에 뜬금없이 그려져 있었다. 게다가 삽화임에도 불구하고 아무런 설명도 없이 덩그러니 그려져 있어 한 가지 추측을 할 수 있다. 바로 《코덱스 기가스》를 집필한 존재는 악마일 수 있다는 점이다.

《코덱스 기가스》에는 잃어버린 페이지마저 이 이야기에 힘을 실어 준다. 《코덱스 기가스》는 총 640쪽을 자랑하는 세계에서 가장 긴 중세 책이다. 그만큼 전 세계적으로 중요한 유물임에도 16쪽이 언제, 어떻게 유실되었는지 아무도 알지 못한다. 심지어 책을 살펴보면 누군가 고의로 찢은 듯한 모습마저 보이는데, 어떤 학자는 이러한 면들을 토대로 한 가지 가설을 내세웠다.

"《코덱스 기가스》는 단순한 성경이 아니라 사탄이 인간의 몸을 빌려 작성한 성경입니다. 바로 사탄의 성경인 셈이죠. 그는 자신을 세상에 부를 수 있는 주문과 인간이라면 누구나 구미가 당기는 세상의 진실을 《코덱스 기가스》에 적어 두었습니다. 세상의 종말을 이야기하는 예언과 함께 말입니다. 그렇기에 《코덱스 기가스》는 찢어진 것입니다. 세상에 나오면 안 될 이야기가 세상에 적혀 있으면 얼마나 큰 위험을 초래할지 상상조차 안 됩니다."

물론 단순한 가설에 불과하지만 여러 정황을 살펴보았을 때 마냥 거짓으로만 치부할 수 없는 내용이다.

사탄의 성경인 《코덱스 기가스》는 어쩌다 세상에 나오게 된 것일까? 1200년에 베네딕트 수도원에서는 무슨 일이 있었던 것일까. 당시 상황에 대한 이야기를 끝으로 《코덱스 기가스》의 진실을 마무리하고자 한다.

《코덱스 기가스》의 진실

"죄송합니다! 부디 이 죗값을 모두 갚을 수 있도록 선처해 주십시오!"

1200년, 베데딕트 수도원의 한 수도사 헤르만은 심판을 목적에 두고 있었다. 수도사라면 어겨서는 안 될 절대적인 규율을 어긴 탓이었다. 이에 따라 수도원에서는 헤르만을 산채로 벽에 가두는 징벌을 내리기로 하였고 헤르만은 좌절하게 된다.

"신이시여, 저에게 방법이 있다면 계시를 내려 주소서, 이렇게 간절히 기도하나이다…"

헤르만에게 남은 시간은 단 하루뿐, 그가 할 수 있는 일이란 기도밖에 없었다. 수도원에서는 헤르만이 징벌을 피하는 방법은 단 하나다. 하루 만에 인간의 모든 지식과 지혜를 담은 성서를 구해오는 것이었으니 결국 헤르만은 징벌을 기다릴 뿐이었다.

"헤르만, 내가 너에게 빛을 내리노니 너는 세상과 나 사이의 길이 되어라."

헤르만의 간절한 기도에 신이 응답이라도 한 것일까. 헤르만의 귓가에 달콤한 목소리가 들려와, 헤르만은 지푸라기라도 잡는 심정으로 울며 응답했다. 그렇게 헤르만은 하루 만에 680쪽의 성경 《코덱스 기가스》를 집필한다.

수도원은 헤르만의 놀라운 기적을 높이 사 징벌을 철회하지만, 그 후 헤르만을 본 사람은 아무도 없었다. 과연 헤르만에게 놀라운 기적을 행한 이는 누구였을까.

하늘에서만
보이는 그림

외계인이 찍은 도장

유물(遺物) : 선대의 인류가 후대에 남긴 물건

예부터 전해져 온 모든 유물에는 당시 선조들의 뛰어난 지혜와 그 시대의 고유한 문화적 특징이 담겨 있다. 하지만 세상이 어찌 그리 정합하기만 하겠는가. 간혹 이러한 유물의 정의를 모조리 깨뜨려 버리는 신비한 유물들도 발견되곤 한다. 그중 대표적인 것이 바로 페루의 '나스카 문양'이다.

나스카 문양은 지상에 펼쳐진 의미를 알 수 없는 그림들로 마치 외계인이 큰 도장으로 여기저기 꾹꾹 찍어 놓은 것처럼 보인다.

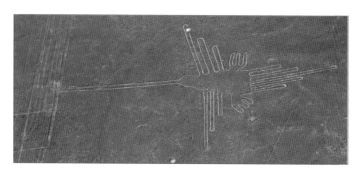

하늘에서 바라본 나스카 문양 (그림)

나스카 문양은 세계 7대 불가사의 중 하나로, 지금으로부터 약 2,500년 전의 고대 나스카인들에 의해 제작되었다는 것이 학계의 정설이지만, 당시로는 도무지 이해할 수 없는 거대한 크기와 수준 높은 정교함 때문에 외계인의 소행이라는 주장도 많다.

'아무리 큰 그림이라도 무한한 노동력과 시간만 들이면 그릴 수 있는 거 아닌가?'

단순히 생각했다면 큰 오산이다. 지금부터는 이 나스카 라인이 정확히 무엇이며, 이곳에 어떤 놀라운 비밀들이 숨겨져 있길래 세계 7대 불가사의라 불리는지 자세히 알아보자.

48km에 육박하는 기괴한 선의 정체

1939년 미국은 페루의 고대 문명을 조사하기 위해 비행기로 나스카 지역 상공을 둘러보던 중 지상에서 굉장히 놀라운 광경을 목격한다.

"이게 뭐야? 믿을 수 없어… 비행기 활주로인가?"

태평양과 안데스산맥 사이에 있는 나스카 대평원에 무려 수백 미터에 달하는 200여 개의 기하학적 그림과 의미를 알 수 없는 일직선으로 그어진 1,000여 개의 선들이 끝없이 펼쳐져 있었다.

당시 비행하던 파일럿의 말에 따르면 거대한 그림도 그림이지만, 최장 48km에 달하는 기괴한 선들의 모습에 더욱 소름 끼

하늘에서 바라본 나스카 라인 (직선)

쳤다고 한다. 그것들은 그림 위를 가로지르기도 하고, 선들끼리 서로 겹치기도 하면서 굉장히 난해한 모습을 하고 있었다.

이에 미국은 나스카 평원에 그려진 기괴한 그림들과 선들의 명칭을 각각 발견된 지명을 본떠서 그림은 '나스카 문양', 선은 '나스카 라인'으로 명명한다. 그리고 이 두 가지를 분리하여 이름 지었다는 것은 곧 나스카에 담긴 미스터리도 총 두 가지라는 의미기도 하다.

기원전 600년경에 나스카 문양을 어떻게 만들었는가

먼저 위에서도 언급했듯이 나스카 문양의 평균 크기는 대략 200m 정도다. 이게 실감이 잘 안 갈 수도 있는데 200m면 축구장 2개를 합쳐 놓은 길이와 맞먹는 수준이다. 하지만 상식적으로 그림을 그리려면 눈으로 보면서 그려야 하는 것 아닌가?

하늘을 날지 않는 이상 땅에서는 절대 이 그림들을 확인할 수 없다. 어떻게 보면 나스카 문양이 2,500년이 넘는 시간 동안 역사 속에서 온전히 보전될 수 있었던 이유도 바로 고대에는 누구도 이 그림들을 확인할 수 없었기 때문이다.

'그냥 천천히 감으로 그리면 되는 거 아닌가?'

당장 종이와 펜을 가져와서 눈을 감은 채 그림을 그려 봐라.

그 작은 종이에 그리는 그림조차도 눈을 감게 되면 엉망진창일 것이다. 그런데 이 문양들의 크기는 무려 200m다.

기원전 600년에 도대체 그들은 어떻게 이 거대한 그림을 한 치의 오차도 없이 완벽하게 그려 낼 수 있었던 것일까? 설령 그려 냈다고 한들 본인들은 완성된 그림을 확인하지도 못했을 것이다. 무엇을 위해 이러한 그림을 수백 개나 제작한 것일까?

학자들이 주장하는 그림의 제작 방식에는 대표적인 두 가지 가설이 존재한다.

기원전 600년에 이미 비행 기술이 존재했다

역사에는 세계 최초의 비행체가 1800년대에 발명된 것으로 기록되어 있다. 하지만 일부 학자들은 지금으로부터 약 2,500년 전, 나스카 문양이 제작될 당시 이미 하늘을 나는 열기구가 존재했을 수 있다고 주장한다.

그들은 그 근거로 고대 나스카인들의 무덤에서 자주 발굴되는 뛰어난 직물들을 증거로 제시했다.

실제 나스카인들이 사용하던 천들은 무려 현대의 낙하산 소재와 비교해도 손색이 없을 만큼 높은 기밀성을 가졌다. 이는 당시에 만약 나스카인이 열기구의 작동원리만 알고 있었다면 그들이 사용했던 천으로도 비행할 수 있었을 것이라는 주장이다.

각각의 나스카 문양 주변에는 열기구의 화덕으로 사용되었을 것으로 추정되는 구멍들이 발견되기도 했으며, 그 안에 있던 돌들에서는 불을 피운 흔적까지 검출됐다.

물론 뛰어난 직조술을 가지고 주변에 불을 피운 흔적이 있다고 해서 무조건 열기구를 사용했다고 단정 지을 순 없다. 하지만 만약 이 가설이 사실이라면 인류 최초의 비행체는 1800년대가 아닌 그보다 2,300년이나 앞선 기원전 600년경이 된다.

나스카 문양은 확대법을 사용했다

나스카 문양의 제작 방식으로는 또 한 가지 가설이 있다. 바로 확대법을 이용했을 것이라는 추측이다. 확대법이란 처음에는 작은 그림부터 시작해 점차 점진적으로 그림을 확대해 나가는 방식을 말한다.

'이렇게 하면 크게는 그릴 수 있겠지만 정확한 선은 못 긋지 않나?'

정확한 선을 그려내는 건 생각보다 어렵지 않다. 올곧은 일직선뿐만 아니라 부드러운 곡선까지도 충분히 가능하다. 넉넉한 양의 말뚝과 밧줄만 준비하면 된다.

컴퍼스를 연상하면 쉽게 이해할 수 있다. 말뚝에 끈을 연결해서 컴퍼스처럼 중심점을 활용하면 곡선이 가능하고, 말뚝과 말뚝 사이에 끈을 연결하면 정확한 직선 또한 가능하다.

① 먼저 말뚝을 꽂아 작은 그림을 그린다.
② 그 후 박혀 있는 말뚝들을 각각이 향하는 방향대로 원하는 크기만큼 확대해서 다시 꽂는다.
③ 이후 확대해서 꽂은 말뚝들의 사이를 끈으로 연결해 그림을 그린다.

이러한 일련의 과정을 수없이 반복하면 이론적으로는 축구장만한 그림도 정확히 그려낼 수 있다.

하지만 확대법을 이용해 우여곡절 끝에 완성했다고 하더라도 비행이 가능하지 않은 이상 그림을 확인하지 못하는 건 매한가지다.

수백 개의 모든 그림을 한치의 오차도 없이 완벽하게 그려 냈다는 게 쉽게 이해가 가지 않는다. 그리고 자신들도 확신할 수 없는 그림을 전역에 걸쳐 그렸다면 그 이유는 무엇이었을까?

나스카 라인은 무엇을 의미하는가

나스카 라인에 대해서는 아직 밝혀진 사실이 많지 않다. 오히려 학자들도 나스카 문양보다는 나스카 라인 때문에 골머리를 잃는 중이다. 나스카 문양은 그림이기 때문에 그 자체만으로도 예술성을 가지는 데 반해, 나스카 라인의 수많은 선은 명확한 목적 없이는 제작할 이유가 없기 때문이다.

"나스카 라인은 그림이 아니라 선들이 모여 있어요. 그렇다면 이 선들을 군이 저렇게 제작할 이유가 무엇이었을까요?"

학자들은 끊임없이 의문을 제기했다. 과연 이 선들은 무슨 목적으로 만들어졌을까? 그 의미와 용도를 밝혀내기 위해 다양한 가설이 제시되었지만, 아직도 확실한 답은 나오고 있지 않다.

'외계인들이 사용하던 활주로였을 것이다'

'하늘의 별자리를 그대로 옮겨 그린 것이다'

'직조술의 패턴을 크게 그린 것이다'

현재 여러 가지 추측이 나오고 있지만, 어디까지나 추론에 불과하다.

특히 이 선들이 상공에서만 확인할 수 있도록 제작되었다는 점은 더욱 의문을 자아낸다. 과연 누구를 위해 거대한 선들을 만들었을까?

"외계인을 위한 활주로가 아니었을까 하는 생각도 듭니다."

일부 연구원은 이런 추측을 하기도 했다. 하지만 이 역시 확실한 근거 없이 제기된 가설에 불과했다.

결국 나스카 라인은 아직도 수수께끼로 남아 있다. 학자들은 계속해서 이 신비로운 선들의 의미와 용도를 밝혀내기 위해 노력하고 있지만, 뾰족한 해답을 내놓지 못하고 있다.

개인적으로는 굳이 의미도 없는 선들을 상공에서만 확인할 수 있게 제작한 것을 보면 정말 외계인을 위한 활주로가 아니었을까 하는 의문도 든다.

2장

세상에 존재하는
신비의 공간

미스터리의 전설, 쿠푸왕 피라미드

세계 7대 불가사의 중에는 유독 사람들에게 큰 사랑을 받는 특별한 건축물이 하나 있다. 바로 이집트 기자 지역에 있는 쿠푸왕 피라미드다. 쿠푸왕 피라미드는 미스터리 하면 가장 먼저 떠오르는 고대 건축물이기도 하지만, 만화나 게임 같은 여러 다양한 매체에서도 쉽게 접할 수 있어 누구에게나 매우 친숙한 건축물이기도 하다.

다들 이집트의 수도가 어딘지는 몰라도 이 쿠푸왕 피라미드가 있다는 기자 지역에 대해서는 알고 있을 것이다. (기자 지역은 이집트의 수도 카이로 안에 있다.) 하지만 왜 쿠푸왕 피라미드가 세계 7대 불가사의라 불리는지, 또 그 속에 얼마나 많은 미스터리가 숨겨져 있는지에 대해서는 정확히 알고 있는 사람이 많지 않다. 쿠푸왕의 피라미드에 대해 안다고 해도 그저 '엄청

쿠푸왕 피라미드

나게 거대한 사각뿔 형태의 구조물'이라는 정도의 지식이 전부
일 것이다.

장담하건대 이 글을 읽고 난 후부터 여러분의 가슴속 최고의
건축물은 무조건 이곳 쿠푸왕 피라미드가 될 것이라 확신한다.
이제부터 이집트 기자 지역으로 가서 피라미드의 숨겨진 비밀
을 모두 알아보고, 세계 7대 불가사의인 쿠푸왕 피라미드가 얼
마나 놀랍고 신비한 건축물인지 알아보자.

첫 번째 의문, 믿을 수 없는 크기

피라미드를 아는 사람이라면 누구나 가지는 의문은 정말 사

압도적으로 큰 쿠푸왕 피라미드

람의 힘으로 만들었는지 의문이 드는 어마어마한 크기다. 기자의 피라미드는 기원전 2500년경 그러니까 지금으로부터 약 4,500년 전에 제작된 건축물이다. 4,500년 전이라고 하니, 실감이 잘 안 갈 수 있는데 그 당시는 우리나라 역사의 시작이라고 할 수 있는 단군왕검이 고조선을 세우기도 몇백 년 전인 시기다.

그런데 그 옛날에 기껏해야 돌도끼나 사용하던 고대인들이 이렇게 거대한 건축물을 제작했다는 것이 가능한 일이란 말인가. 물론 직접 가보지 않고 사진으로만 봐서는 이 피라미드의 크기가 얼마나 큰지 잘 와닿지 않을 수 있다. 그럴 땐 실제 피라미드에 사용된 암석을 하나씩 뜯어 보면 그 거대함을 조금 더 쉽게 느낄 수 있다. 먼저 피라미드 제작에 사용된 돌의 총개수는 대략 230만 개다. 1개 돌의 무게는 무려 2.5톤에 육박한다.

돌 하나의 크기 또한 어마어마하다. 돌 하나당 평균 높이가 1.7m 정도로 대충 성인 남성의 키와 맞먹는 셈이고, 피라미드 전체의 높이는 아파트 건물 약 50층에 해당하는 수준이다.

학계에서 추정하는 쿠푸왕 피라미드의 총제작 기간은 최대 20년으로 보고 있다. 그렇다면 4,500년 전 고대 이집트인들은 2,500kg나 되는 암석을 하루도 빠짐없이 매일 300개 이상 쌓아 올렸다는 말이 된다.

실제로 이 정도 작업량은 타워크레인이 있는 현대에도 불가능에 가까운 일이다. 하지만 놀라운 점은 여기서 그치지 않는다. 한발 양보해서 고대인들이 어떻게든 돌을 운반했다고 하더라도, 무려 230만 개나 되는 이 많은 양의 돌들을 도대체 어디서 구해 왔냐는 것이다.

만약 구했다고 한들 그 돌을 어찌도 이렇게 정교하게 깎았으며, 현대에도 힘들 만큼의 정밀한 오차 범위를 유지하며 암석을 쌓아 올렸다는 말인가. 현대의 우리 상식으로는 쿠푸왕 피라미드의 존재 자체부터 이해하기 어렵다 보니, 일각에서는 '외계인의 개입'과 같은 주장을 제기하기도 한다.

'쿠푸왕 피라미드는 이집트 왕조가 건설한 것이 아닌 과거 지구에 정착한 외계의 거인족이 건설한 것이다.'

얼핏 들으면 무슨 허무맹랑한 소리인가 싶겠지만, 하나씩 따져 보면 그저 허무맹랑한 소리로만 치부할 수 없다는 생각이 든다.

음모론자들은 세계 곳곳에서 발견되는 수많은 거인 유골이 그 증거라고 주장한다. 실제로 최근에 기자 지역에서 거인의 손가락으로 추정되는 12cm 이상의 손가락 모양의 물체가 발견되어 이 이야기의 근거가 아니냐고 논란이 되기도 했다.

두 번째 의문,
피라미드 내부에 존재하는 수많은 벽화

지금까지는 쿠푸왕 피라미드의 외부적인 미스터리에 대해 살펴봤다. 그리고 이쯤 되면 누구나 이런 의문이 생길 것이다.

'과연 쿠푸왕 피라미드는 무슨 용도로 사용되었길래 이렇게나 거대하게 제작된 것일까?'

앞서 말했다시피 쿠푸왕 피라미드의 어마한 크기는 현대인의 상식으로는 쉽사리 이해할 수 없는 규모다. 도대체 먼 옛날 고대 시기에 이만한 건축물이 왜 필요하단 말인가. 물론 피라미드 하면 고대 이집트 왕족의 무덤이라는 전통적인 가설이 가장 먼저 떠오르는 게 사실이다. 하지만 그건 어디까지나 이집트 사막 위에 수도 없이 깔린 자그마한 피라미드들에 한해서일뿐, 쿠푸왕 피라미드에 해당하는 이야기는 아니다.

쿠푸왕 피라미드는 일반적인 무덤용 피라미드와는 다르게

규모뿐만 아니라 내부 구조에서도 많은 차이가 있다. (보통 피라미드는 고대 이집트의 최고 통치자였던 파라오의 권력을 과시하기 위했던 수단이자 왕족의 거대한 무덤으로써 제작되었다는 설이 학계의 정설이다.) 그리고 결정적으로 쿠푸왕 피라미드의 내부에는 왕의 무덤이라면 꼭 있어야 할 당시의 유물이나 유해 같은 것이 전혀 없었다.

최초에 조사관들은 이곳이 워낙 오래된 유적이다 보니 과거 누군가 유물을 도둑질해 간 것이 아닐까 추측했으나, 예상과 달리 조사 결과 도굴의 흔적은 전혀 나타나지 않았다.

그렇게 쿠푸왕 피라미드의 용도는 더 미궁 속으로 빠졌고, 이와 관련된 수많은 주장을 제기하기 시작했다. 피라미드 내부에는 그 용도를 추측해 볼 수 있는 몇 가지 신비한 단서들이 존재한다. 과연 고대에 이곳은 무엇을 위한 장소였을까? 쿠푸왕 피라미드의 대표적인 주장을 함께 살펴보자.

정체를 알 수 없는 의문의 벽화들

쿠푸왕 피라미드 내부에는 수많은 벽화가 그려져 있다.

'벽화는 어느 유적에서나 흔히 볼 수 있는 유물 아니야?'

맞는 말이다. 굳이 벽화는 피라미드가 아니더라도 어디에서나 볼 수 있는 흔한 유물이다.

피라미드 내부 벽화

　또 그려진 그림이 대부분 비슷한 그림인 것도 사실이다. 하지만 지금 이야기하고자 하는 건 단순히 벽화에 그려진 그림의 내용 따위를 말하려는 게 아니다. 벽화의 존재 자체에 문제를 두고 이야기하려는 것이다.

　빛 하나 없는 피라미드 내부에서 벽화를 조각하는 게 가능한 일이라고 생각하는가? 그것도 그냥 그림도 아닌 매우 정교한 벽화가 가능할까? 물론 현대라면 내부 곳곳에 랜턴을 설치해 두고 손쉽게 작업할 수 있겠지만, 당시 기원전 2,500년경에 그런 물건이 있었을 리 없다. 그렇다면 고대 이집트인은 어떻게 빛 하나 들지 않는 어둠 속에서 이리도 정교한 벽화 작업을 할 수 있었단 말인가?

　단순히 작업에 필요한 빛만을 놓고 생각한다면 누구나 가장 먼저 횃불을 떠올릴 수 있겠지만 아쉽게도 횃불이 사용되지 않았다는 사실은 이전의 조사에서도 여러 번 밝혀진 바 있다. 그 이유는 먼저 피라미드의 내부 공간은 굉장히 협소하여 질식의 위험이 커 애초에 횃불 사용이 불가능하다는 것이었다.

설령 사용할 수 있었더라도 피라미드 내부 암석에 그을린 흔적이나 관련 성분들이 검출되어야 하는데, 조사 결과 횃불의 흔적은 조금도 검출되지 않았다. 또 산소가 부족해 불이 유지될 수도 없었을 것이라는 의견도 있다.

연구원들도 뚜렷한 해답을 찾지 못하자 사람들은 다양한 가설을 제기하기 시작하는데 그중에서 가장 대표적인 가설이 바로 '고대 이집트 문명의 전구 사용설'이다.

과거 고대 이집트인들은 우리가 생각하던 것 보다 훨씬 더 진보된 고도의 기술력을 가지고 있었고, 4,500년 전 이미 전구를 제작해 사용하고 있었다는 주장이다.

전구 사용설이 나오게 된 근거는 무엇이었을까? 실제로 꽤 많은 학자가 전구 사용설을 지지한다. 그들은 그 증거로 이집트 덴데라 사원에 있는 한 특이한 벽화를 제시했다.

덴데라 벽화를 보면 수행자들이 커다란 전기 램프를 받치고 있는데 그 모습이 마치 현대의 전구를 연상시킨다. 학자들은 중앙에 보이는 꾸불꾸불한 뱀을 전구의 필라멘트로 추정했고, 그것을 덮고 있는 기다란 관이 전구의 유리관이며, 우측에 손을 뻗어 받치고 있는 부분이 고전압용 절연체라고 설명한다.

덴데라 전구 벽화

    덴데라 전구는 19세기에 발명된 초기 전구인 코록스 튜브와
도 굉장히 비슷하게 생겼다. 이러한 이유로 일각에서는 덴데라
벽화에 그려진 그림이 전구의 제작 방법을 알려 주는 일종의
다이어그램이 아니냐는 주장도 있다.

    벽화에 그려진 그림이 전구가 맞다면 고대인들은 무려
4,500년 전부터 이미 전기 도구를 활용했다는 의미가 된다. 하
지만 이게 어떻게 가능한 일이란 말인가. 역사에 기록된 최초
의 전구 발명은 지금으로부터 고작 200년 전인 1802년으로 되
어 있다. 기존의 역사보다 무려 4,300년이나 앞선 셈이다.

    그렇다면 과연 당시의 고대 이집트인들은 어떻게 고도의 기
술력을 가질 수 있었던 것일까? 여기서부터는 사실상 상상에
의존할 수밖에 없기에 외계인, 초고대 문명설과 같은 비과학적

인 주장이 많이 거론된다.

대표적인 주장으로 '외계인의 개입설'이 있다. 이는 과거 지구를 방문했던 외계 거인족이 쿠푸왕 피라미드를 건설했고, 고대 이집트인들에게 전기 기술을 전파했다는 가설이다. 어떻게 보면 가장 쉬운 생각이지만, 풀리지 않는 의문에 외계인만 개입하면 쿠푸왕 피라미드의 규모나 시대를 초월하는 전기 기술까지 모두 설명이 된다. 하지만 쿠푸왕 피라미드의 미스터리는 여기서 끝이 아니다.

쿠푸왕 피라미드는 고대의 전기 발전소였다

고대 이집트의 전기 기술 미스터리를 오로지 전설과 신화에만 의존한 것이 아니다. 최근 국제 물리학 연구팀은 쿠푸왕 피라미드 내부의 특정 공간에서 외부 전자기파를 끌어들인다는 사실을 밝혀냈다.

쉽게 설명하면 공기 중에는 라디오파와 마이크로파 같은 다양한 주파수의 전자기파가 존재하는데, 쿠푸왕 피라미드가 이러한 전자기파를 흡수한다는 것이다.

이 이야기를 들으면 떠오르는 것은 바로 전기 발전소다. '혹시 쿠푸왕 피라미드는 고대에 발전소가 아니었을까?'라는 합리적인 의심이다. 하지만 특이하게도 피라미드의 모든 공간에서 발생하는 현상은 아니고, 특정 두 개의 영역에서만 발생했는데 그 이유는 아직 정확히 밝혀지지 않았다.

쿠푸왕 피라미드 내부에는 총 네 개의 방과 그곳으로 향하는 각각의 통로들로 구성되어 있는데, 그중 전자기파를 빨아들이는 이상 현상은 왕의 방과 지하의 방에서만 나타났다.

이처럼 고대 이집트의 피라미드는 여전히 많은 수수께끼를 간직하고 있다. 이러한 발견을 통해 우리는 과거에 대한 인식을 새롭게 할 수 있다. 앞으로도 계속해서 새로운 단서들이 발견될 것이며, 우리는 그 과정에서 고대 문명에 대한 보다 깊이 있는 이해를 얻게 될 것이다. 이러한 도전정신과 열린 자세야말로 인류 역사의 진실을 밝혀 나가는 데 필수적인 요소라고 할 수 있다.

중국의
거대 피라미드

피라미드는 세계 7대 불가사의이자 현대에도 완벽히 파헤쳐지지 않은, 비밀이 깃든 이집트의 대표적인 유물이다. 하지만 다른 나라에 이집트의 피라미드보다 웅장하고 거대한 피라미드가 있다는 사실을 아는 이는 얼마 되지 않는다.

비행기 조종사가 촬영한 의문의 피라미드

제2차 세계대전이 한창이던 1945년, 미합중국의 파일럿으로 복무 중인 가우스맨이 중국 북부 지역을 비행하던 중 이상한 건축물을 발견한다. 수상함을 감지한 가우스맨은 곧장 해당 건축물을 공중에서 촬영하여 상부에 보고하는데, 이것이 서안

하늘을 나는 파일럿

피라미드가 외부로 노출된 최초의 사례다.

이후 이 사실은 〈뉴욕 타임스〉에까지 오르게 되며, 서안 피라미드는 결국 전 세계에 모습을 드러내게 되었고 전 세계인은 큰 충격에 휩싸였다. 당시 뉴욕의 한 시민은 서안 피라미드에 대해 이렇게 이야기했다.

"거대한 피라미드가 이집트가 아닌 중국에 있다니. 정말 놀라운 일이에요!"

중국의 비밀, 서안 피라미드

거대한 피라미드가 이집트도 아닌 중국에서 발견되었다는 소식은 일반 대중뿐만 아니라 학계 역시도 떠들썩하게 만들었다. 전 세계의 학자들은 중국에게 피라미드에 대한 연구조사 활동을 허가해 달라는 공문을 보냈고 중국은 이를 거절했다. 심지어 서안 피라미드가 있는 지역 자체에 출입 금지 명령까지 내렸다. 분명 이상한 일이었다. 피라미드가 국가 내에 존재한다는 건 그만큼 찬란한 문명이 있었다는 사실을 증명하는 셈인데 중국은 연구를 은폐하니 말이다.

하늘에서 바라본 서안 피라미드

결국 서안 피라미드의 연구는 한 번도 해 보지 못한 채 방치됐다. 대중의 관심이 잠잠해질 때 즈음인 1963년 중국 정부에서 서안 피라미드는 중국을 통일했던 진시황의 무덤일 것으로 예측하고 발굴을 결정한다. 물론 외부인의 출입 금지는 여전했고, 오롯이 자국민으로 구성된 발굴팀을 따로 꾸려 연구를 진행했다.

그해 4월, 발굴팀 36명은 서안 피라미드 연구를 착수한다. 당시 발굴팀의 한 팀원은 훗날 이렇게 이야기했다.

"처음 서안 피라미드를 보았을 때는 놀라움의 연속이었습니다. 우리 중국에도 이런 유적이 있다니 자랑스럽기도 했고요. 그런데 이상한 것은 조사단장님의 지시사항이었습니다. 단장님은 저희에게 '이번 조사는 공개적으로 진행되지만, 여기에서 나온 발굴내용은 외부에 절대로 누설해서는 안 된다.'고 말씀했습니다. 정말 이상한 일이었어요. 우리 중국의 자부심이라고 해도 될 만큼의 유적이었는데 말이죠."

서안 피라미드와 고구려의 천마총

발굴팀은 곧장 4개 팀으로 나누어 3개의 피라미드를 크기순으로 분류와 조사를 착수했다. 조사 결과 서안 피라미드는 기존 중국 내에 있던 중국 피라미드처럼 위로 갈수록 완만하고

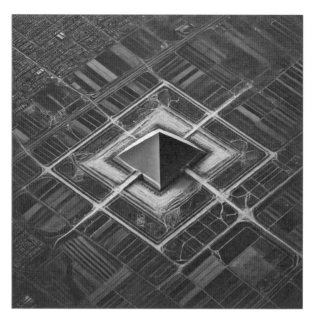

서안 피라미드

낮아지는 계단식 형태가 아니었다. 굳이 따지자면 한반도에서 볼 수 있는 천마총과 같은 고구려 당시의 무덤과 흡사한 형태를 보여 주었다.

"이때부터 저희는 의심이 들기 시작했습니다. 과연 이게 우리나라의 유적이 맞는가라는 생각이 들었죠. 게다가 연대를 측정한 결과 약 5,000년에서 6,000년 전에 만들어진 것임을 확인할 수 있었습니다."

연대 측정 결과에 따르면 서안 피라미드가 건축되었을 당시 중국은 거란족과 같은 유목민이 통치하고 있었기에 서안 피라미드가 있는 곳에는 정착하여 생활하지 않았다는 것을 알 수 있다. 그렇다면 서안 피라미드의 주인은 누구일까.

서안 피라미드의 주인은 누구인가

눈치가 빠른 이는 서안 피라미드의 위치를 보고 예상할 수 있듯이 바로 고조선일 가능성이 컸다. 심지어 피라미드의 지하 입구로 들어서면 5층의 석실로 나누어져 있는데, 상층으로 들어갈수록 화려하게 그려 놓은 말과 마차 벽화를 확인할 수 있었다.

문자와 조각 6,200여 점, 맷돌과 절구 같은 생활 도구 1,300여 점, 신라형 금관을 포함한 청동검과 활 같은 장신구류 7,500여 점, 마지막으로 상투 머리를 한 시신을 발견했다.

결국 조사단은 서안 피라미드의 발굴을 약 70% 정도 완료했을 즈음 돌연 조사를 중단한다. 이유는 서안 피라미드의 주인이 중국이 아니라 조선일 가능성이 컸기 때문이다.

서안 피라미드의 이야기를 해 준 이는 발굴 팀원이었던 장문구 씨로 그의 유언이 없었더라면 서안 피라미드는 영영 역사 속에 잠들 수도 있었다.

'중국 정부가 한국의 유적을 도굴하여 마치 중국의 유물인 것처럼 탈바꿈하고 있다. 그뿐만 아니라 한국의 역사를 마치 중국의 역사인 것처럼 왜곡을 일삼고 있는데 한국은 이를 꼭 짚고 넘어가야 할 것이다.'

바닷속에 잠든 피라미드

수중도시 아틀란티스

혹시 바닷속 깊이 잠들어 있는 고대 도시를 알고 있는가? 알고 있다면 가장 먼저 떠오르는 도시가 바로 아틀란티스일 것이다. 한 가지 놀라운 사실은 세계에서 가장 유명한 수중도시 아틀란티스의 위치가 아직도 공개되지 않았다는 점이다. 하지만 해저에서 발견된 고대 유적 중 아틀란티스와 가장 흡사한 곳을 마침내 찾아냈다.

2001년 7월, 쿠바의 어느 서부 해안에 해양연구원 폴과 폴린은 오늘도 어김없이 음파 탐지기를 통해 수중을 탐사하고 있었다. 그리고 드디어 둘은 수면에서부터 약 700m 아래에 있는 인위적인 석조 구조물을 발견한다.

쿠바 수중 피라미드

　부부의 위대한 발견에 미국의 BBC 뉴스는 '쿠바 서부 심해에 잠든 지하도시'를 헤드라인으로 대서특필을 했고 그렇게 세상의 뜨거운 관심을 받게 된다.

3개의 거대한 피라미드

　당시 폴 부부는 캐나다와 쿠바의 공동 협력 프로젝트팀 ADCAdvanced Digital Communication에 속해 있었는데, ADC의 주요 목적은 쿠바의 구아나하카비베스반도의 해안을 중점적으로 탐사하는 것이었다. 폴 부부는 음파 탐지기에 걸린 인공 구조물을 명확히 파악하기 위해 심해까지도 탐사가 가능한 최첨단 로봇 소나스캔을 수중으로 투입해 해당 해저 지역을 면밀하게 촬영했다.

소나스캔의 촬영을 기다리는 것도 잠시, ADC팀은 촬영된 사진을 보고 경악을 금치 못했다. 수심 700m에는 3개의 거대한 피라미드와 함께 대칭을 이루고 있는 여러 화강암 구조물이 담겨 있었고, 이는 흡사 도시의 형태와 같았다.

해저도시를 발견한 것도 놀라운데, 더 놀라운 사실은 도시를 구성하고 있는 다양한 구조물이었다. 특히 해저 피라미드는 지상에 있는 이집트 기자 피라미드보다도 거대했으며 구조물이 굉장히 깔끔하게 유지되어 있다는 점이었다. 마치 무언가가 해저도시를 온전히 보존하기 위해 천천히 가라앉게 만든 것처럼 말이다.

해저도시의 정체는 무엇인가

수심 700m에 있는 해저도시가 온전한 형태와 배열을 유지하기란 불가능한 일이다. 심지어 학계에서는 거대한 석조물들이 700m까지 가라앉기 위해서는 지질학적 시간으로 계산하면 약 5만 년 이상이 걸린다는 것이다. 이는 인류 문명의 역사를 빗대어 보았을 때 터무니없는 수치였다. 황당한 유적의 등장에 일부 전문가는 운석 충돌이나 지각 변동과 같은 재난에 의한 침몰을 말하였지만, 기록된 역사에는 어디에서도 재난에 관련한 내용이 없었다.

그러다 지질학자 아클레인은 해저도시가 지상에서 건설된 게 아닌 해저에서 지어졌다고 주장하며 〈잃어버린 도시 아틀란티스와 쿠바 해저도시의 연관 관계〉라는 눈문을 발표한다.

'빙하기 말, 급격한 수면 상승으로 인해 여러 도시가 바다에 잠기고 육지는 순식간에 수장된다. 이러한 가정이 사실이라면 전설의 도시 아틀란티스의 기록과 동일한 것을 확인할 수 있다.'

아틀란티스로 가는 길

실제 빙하기 말 해수면의 높이는 현재 대비 120m가량 낮았기에 아클레인의 주장은 꽤 신빙성이 있었다. 여기에 더해 앤드루 콜린스의 〈아틀란티스로 가는 길〉에는 이런 내용이 적혀 있다.

'여러 고고학적 문헌과 신화를 조합해 보면 아틀란티스는 카

아틀란티스

리브해의 쿠바 지역에 존재한다. 예를 들어 멕시코 신화에 등장하는 문구 '뱀의 사람들이 동쪽의 아스틀란(이는 아틀란티스를 의미한다)에서 건너와 7개의 동굴에 오두막을 짓고 살았는데'라는 대목의 '동굴'은 쿠바의 '푼타델에스테 동굴'을 가리킨다. 이뿐만이 아니다. 유카탄반도에 직경 200km에 달하는 운석 구덩이가 존재하는 것을 통해 우리는 아틀란티스가 운석 충돌로 인해 수장되었다는 걸 추측할 수 있다.'

이는 카리브해의 홍수 신화의 '모든 것이 무너져 내렸다. 오랜 달이 부서지고, 바다가 몰려들었다.'에도 나오는 내용이다.

현재 쿠바의 수중 피라미드가 자리한 해저도시는 아틀란티스의 잔재라고 불린다. 아틀란티스와 가장 흡사한 형태를 지닌 해저도시는 정말 아틀란티스가 맞을까? 아니면 5만 년도 훨씬 이전에 고도로 발달했던 문명이 수장되어 잠들어 있던 것일까?

산으로 위장한
피라미드

많은 이가 피라미드는 이집트에만 있을 것으로 생각한다. 하지만 피라미드는 이집트뿐만 아니라 중국의 서안, 멕시코의 치첸이트사, 옛 고구려의 왕릉 등 다양한 형태로 존재한다.

여기에서 한 가지 의문이 든다. 피라미드의 대표라고도 할 수 있는 기자 피라미드보다 큰 피라미드가 있을까?

피라미드를 숨긴 산, 바소시카

피라미드는 대부분 근대에 발견되었다. 그도 그럴 것이 거대한 피라미드를 숨길 수가 없었기 때문이다. 그런데 2000년대 초반 보스니아에서 새로운 피라미드가 발견되었다. 심지어 기

바소시카산

자 피라미드보다 오래되었을 뿐만 아니라 크기마저 거대했다.

2006년 미국인 탐험가 샘 새미르 박사는 어느 작은 시골 마을 비소코라는 곳을 지날 때였다. 마을 자체에는 별다른 특이점이 없었지만, 비소코의 주변에 있는 산의 모습이 심상치 않았다.

일반인이 봤을 때는 여느 산과 다를 바 없는 평범한 산이였지만, 새미르 박사의 눈에는 산의 모습이 마치 정사각뿔 모양의 피라미드처럼 보였다.

새미르 박사는 곧장 피라미드의 모습을 한 산인 비소시카산을 탐사하기 시작했다. 탐험가의 촉이 발동한 덕일까, 새미르 박사는 비소시카산을 탐사하던 도중 정체를 알 수 없는 석판 조각을 발견한다.

산의 정체에 대한 의심은 증폭될 수밖에 없었고, 새미르 박사는 즉시 연구팀을 구성해 비소시카산을 샅샅이 조사하기 시작했다.

12,000년 전 제작된 석판

연구팀과 함께 비소시카산 조사를 끝낸 새미르 박사는 충격에 휩싸였다. 그 이유는 바로 석판의 제작연대가 무려 12,000년 전으로 측정되었기 때문이었다.

'석판이 12,000년 전에 제작되었다면, 이 석판을 품고 있던 이 거대한 비소시카산 역시 최소 12,000년 전에 건설된 것으로

바소시카 언덕 암반층

추정되는 피라미드일 수 있어.'

새미르 박사는 이 문제를 세상에 알릴 것인가에 대한 고민에
빠졌다. 12,000년 전은 구석기 시대인데 어떻게 이런 거대한 건
축물을 지었단 말인가. 심지어 구석기 시대에는 대부분 유목민
이었을텐데 말이다. 기존 세계에 정립되어 있던 역사 발전 이
론으로는 도저히 설명할 수 없는 상황이었다.

아즈텍 문명과 비소시카산

정착 생활을 하기도 전인 구석기 시대의 것으로 추정되는 보
스니아 피라미드는 현대의 기술력으로도 건설하기 매우 힘든
거대한 건축물이었다.

거대한 건축물을 짓기 위해서는 막대한 양의 노동력이 필요
한데, 구석기 시대에는 정착 생활을 하지 않았으므로 이 또한
말이 안 되는 이야기였다.

하지만 새미르 박사는 연구를 멈추지 않았다. 눈앞에 있는
사실을 거짓이라 속일 수 없는 노릇이었기 때문이다. 결국 새
미르 박사의 연구팀은 비소시카산의 전체 모습을 3D로 재현
하는 데 성공한다. 그리고 비소시카산의 모습이 아즈텍 문명의
피라미드와 굉장히 흡사한 형태라는 것을 알아차린다.

새미르 박사의 성과는 만천하에 공개되었을까? 답은 그렇지

않았다. 고고학계에서는 비소시카산을 인정해 주지 않았다. 비소시카산을 인정하게 되면 역사 속에서 확립된 모든 인류 문명과 인류 역사학을 모조리 갈아엎어야 했고, 학자 대부분은 원치 않았다.

하지만 진실을 외면할 수 없었던 새미르 박사와 연구팀은 외로운 싸움을 계속했고, 결국 그들은 비소시카산 주변에서 2개의 피라미드를 추가로 발견하여 총 3개의 피라미드가 정확하게 정삼각형을 이루고 있다는 사실을 알아내게 된다.

또한 이곳 보스니아의 피라미드는 기존에 있던 자연 언덕 위에 현대의 시멘트 같은 물질을 덮어씌워 제작했다는 것도 알아낼 수 있었다.

보스니아 정부의 연구

캐면 캘수록 끊임없이 나오는 새로운 사실에 연구팀은 계속하여 연구를 진행하려 했지만 2007년을 마지막으로 연구는 중단된다.

보스니아 정부가 직접적으로 조사를 중단하라는 명령을 내렸기 때문이다. 표면적으로는 보스니아 전쟁 당시 매설한 지뢰의 위험성 때문이라고는 하지만 아쉬운 건 어쩔 수 없다.

연구팀은 아쉬움을 뒤로한 채 220m 높이의 피라미드를 두고 비행기에 올랐다. 비소시카산의 진실은 그렇게 보스니아에 잠들게 된다. 과연 진실은 무엇이었을까.

6,000년 전에 제작된 지도, 피리레이스

이스탄불에서 발견한 고대 지도

인류 역사의 수수께끼가 또 하나 풀렸다. 1929년 이스탄불 궁전 지하창고에서 발견한 한 장의 지도가 그 증거다. 이 지도는 오스만제국의 해군 제독 피리레이스가 1513년 가죽 위에 작성한 것으로, 대서양을 중심으로 남미와 서아프리카 대륙의 일부가 그려져 있다. 하지만 그 외에도 남미 대륙을 따라 이어지는 의문의 대륙이 존재하고 있었다.

"이 지도에서 우리는 남미 대륙 우측에 또 다른 대륙이 존재하는 것을 발견했습니다."

연구진은 주목했다. 만약 이것이 진짜 대륙이라면 그 유일한 후보는 바로 남극이었다. 실제로 미국 해군 장교 알링턴 맬러

피리레이스

리는 이 해안선이 남극의 퀸모드랜드와 매우 유사하다고 주장했다. 이는 대륙의 형태와 지리적 위치 면에서도 부합하는 것이었다. 그런데 문제는 남극이 공식적으로 1820년에 영국 해군에 의해 발견되었다는 점이다. 당시에는 빙하섬이 발견된 것일 뿐, 대륙 자체가 존재한다는 사실은 100년 후에야 밝혀졌다.

"그렇다면 이 지도가 제작된 1513년에는 남극이 대륙으로 존재했다는 뜻이 됩니다."

연구진은 이를 통해 놀라운 사실을 유추해 냈다. 바로 남극이 과거에는 따뜻한 기후였다는 것이다. 지질학적으로 볼 때 남극은 기원전 4,000년 이후부터 서서히 얼기 시작했다. 따라서

이 지도의 원본은 약 6,000년 전에 제작되었을 가능성이 크다.

　이는 고대 문명이 남극을 포함한 지구 전체에 대한 정교한 지리 지식을 갖고 있었음을 시사한다. 그리고 이 고대 지도의 발견은 인류 역사에 큰 획을 그을 수 있는 중요한 사건이 되었다. 우리는 이 지도로 남극이 과거에는 따뜻한 기후였다는 사실을 알 수 있었기 때문이다.

얼어붙기 전의 남극 대륙

　지질학적 연구에 따르면, 남극 대륙은 기원전 4000년경부터 서서히 얼기 시작했다. 그런데 이 지도는 그보다 2,000년 이상 앞선 시기에 제작된 것으로 추정된다.

　"이 지도의 원본이 약 6,000년 전에 만들어졌다고 가정하면, 당시 남극은 대륙의 형태를 띠고 있었을 것입니다."

　연구진은 이를 통해 고대 문명이 지구 전체에 대한 정교한 지리 지식을 보유하고 있었다는 사실을 밝혀냈다. 더불어 이 지도에는 남극의 위치가 현재와 크게 다르다는 점도 주목된다. 당시 남극은 남미 대륙의 바로 옆쪽, 즉 현재보다 3,200km가량 북쪽에 자리 잡고 있었던 것으로 보인다.

　"이는 남극 대륙이 지각 이동을 통해 오랜 세월에 걸쳐 현재의 위치로 이동해 왔음을 시사합니다."

이 고대 지도의 발견은 우리에게 많은 시사점을 던져 주고 있다. 가장 큰 것은 바로 인류 문명의 역사가 지금까지 알려진 것보다 훨씬 깊고 오래된 것일 수 있다는 점이다. 지도 분석 결과, 이 지도의 원본이 약 6,000년 전에 제작되었다고 추정된다. 당시 남극은 아직 얼어 있지 않은 따뜻한 대륙이었으며, 그 위치 또한 현재와는 크게 달랐다.

"이는 지각 이동으로 남극 대륙이 점차 남하했다는 것을 보여 줍니다."

이와 함께 다른 고대 지도들을 살펴보면, 남극이 서서히 얼어가는 과정도 확인할 수 있다. 즉, 과거에 지구 온난화 현상이 있었다는 뜻이 된다. 이처럼 이 지도는 인류 역사에 대한 우리

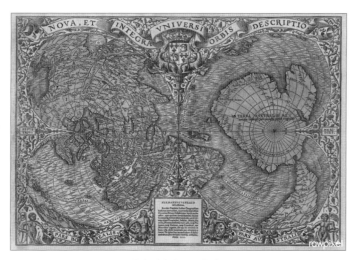

1531년에 제작된 오론티 피나우스

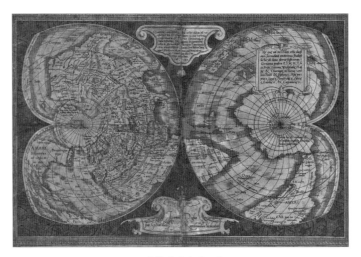

1538년에 제작된 메르카토르

의 이해를 크게 넓혀 줄 수 있는 소중한 자료로 평가받고 있다. 과거에 대한 새로운 통찰을 제공함으로써, 우리는 미래를 내다보는 혜안을 얻을 수 있을 것이다. 하지만 더 중요한 것은 이러한 발견이 우리에게 주는 교훈이다. 그것은 바로 역사를 향한 끊임없는 탐구와 도전정신의 중요성이다.

"우리가 알고 있던 역사의 틀을 뛰어넘는 새로운 사실들이 계속해서 발견되고 있습니다. 이는 과거에 대한 우리의 인식이 얼마나 제한적이었는지를 보여 줍니다."

지각 이동의 다양한 증거

지각 이동의 증거는 이뿐만이 아니다. 1532년 제작된 오론테우스 지도에서 남극은 해안선 부근이 얼어 있으며 내륙 또한 강줄기가 존재하지 않았다. 이는 남극이 서서히 빙결되고 있다는 것을 파악할 수 있다.

그로부터 30여 년이 지난 1569년에 제작된 메르카토르 지도를 살펴보자. 이 지도는 앞서 살펴본 오론테우스 지도보다 이전의 지도를 참고하여 제작된 것으로 추정된다.

1763년 제작된 천하여도도 1418년 제작된 천하제번식공 도름을 참고해 만든 지도다. 남극의 위치는 현재와 가장 비슷한 것으로 보아 가장 최근에 만들어진 지도를 참고하여 만든 것으로 추정된다.

이렇듯 지도의 제작 연도는 당시 대륙의 모습을 의미하는 게 아니다. 지도 별로 어떤 원본 지도를 참고하여 만들었는지가 중요한 것이다.

여기서 또 한 번 놀라운 추측을 해 볼 수 있게 된다. 바로 남극이 전설의 도시 아틀란티스는 아닐까 하는 합리적인 의심이다.

일생을 해로와 항로를 연구한 지도 전문가 해군 장교 알링턴 맬러리는 피리레이스 지도를 처음 발견하였을 때 넋이 나간 사람처럼 이렇게 중얼거렸다고 한다.

"아틀란티스… 아틀란티스의 지도가 있다."

알링턴 맬러리의 말처럼 각 지도에 그려진 남극이 지각 이동 중인 아틀란티스고, 전설의 무대륙 역시 남쪽으로 이동했다면 현재의 남극은 아틀란티스와 무대륙이라는 이야기다.

물론 혹자는 이렇게 말할 수도 있다.

"지도에 표시된 게 남극이 맞긴 하는 겁니까? 너무 현실성이 떨어지는 이야기잖아요."

하지만 그 역시 지도를 확대해 보는 순간 놀라게 될 것이다. 지도에는 강줄기와 산맥이 보이는데 이러한 부분은 1949년 진행된 남극 지진파 조사 결과와 매우 흡사한 형태를 보였다.

해안선이 정확히 일치하는 것도 확인할 수 있었다. 이는 다른 지도와 마찬가지로 4개 지도의 모든 남극 해안선이 정확히 일치하는 것을 알 수 있다.

더욱 놀라운 사실은 이 지도는 마치 높은 곳에서 내려다보고 만든 것으로 추측된다는 것이다. 지도를 보면 여러 중심점에서 방위각과 방위선으로 거리를 나타내고 있다.

이는 현대에 제작된 지도처럼 위성이나 비행기에서 확인했을 때 생기는 왜곡 현상과 비슷하다. 즉 당시 지도가 제작될 당시 이미 위성이나 비행체, 혹은 이러한 것들을 대체할 만한 무언가가 존재했을 수도 있다.

어쩌면 나스카 라인의 고대 비행체나 푸마푼쿠, 괴베클리테페 같은 초고대 문명이 남극에서부터 뻗어 나왔을지도 모른다.

정말 머나먼 과거 남극은 초고대 문명의 발상지였던 것일까? 지금도 얼어붙은 땅 아래 초고대 문명이 숨 쉬고 있을지는 아무도 모를 일이다.

잃어버린 무대륙

오래된 고사본을 해독하다

'끔찍한 지진이 시작되었다. 흙 언덕의 나라 무대륙이 가라
앉을 운명에 처한 것이다. 대지는 2번 솟구쳐 올랐고 밤이
되자 또 가라앉았다. 땅이 갈라지고 10개의 나라는 사방으
로 흩어져나갔다. 그렇게 6,400만여 명의 주민은 무대륙과
함께 사라졌다. 이 책을 쓰기 8,060년 전의 일이었다.'

프랑스의 신부 샤를 브라수아는 《트로아노 고사본》을 모두
읽자 굳고 말았다. 그토록 알고 싶었던 고사본의 내용을 드디
어 해독하자 감정이 북받쳐 오른 것이다. 《트로아노 고사본》을
해독할 수 있던 건 1864년 마드리드 왕립도서관에서 발견한 마

야의 오래된 기록 덕분이었다.

오래된 기록에는 신부 디에고 데 란다가 작성한 마야의 알파벳, 즉 해독할 수 없던 고대 마야의 기록을 읽게 도와주는 해독서가 적혀 있었다. 이 해독서를 바탕으로 샤를 신부는 트로아노 고사본을 해독할 수 있게 되었고, 이는 한순간 바다에 가라앉아 지금은 사라져 버린 거대한 대륙 '무'의 존재가 세상에 드러났다.

비밀의 무대륙이 밝혀지다

샤를 브라수아 신부에 의해 무대륙이 세상에 알려진 지 4년이 지난 1868년에 영국의 예비역 대령 제임스 처치워드는 인도 원주민으로부터 사라진 무대륙에 대한 기록이 인도에도 존재한다는 사실을 전해 듣게 되었다. 이 이야기를 들은 제임스는 원주민이 말해 준 오래된 힌두교 사원을 찾아갔고, 그곳에서 수도승으로부터 '나칼'이라고 불리는 2개의 점토판을 얻게 된다.

나칼에는 제임스 대령이 난생처음 보는 기호와 상형 문자가 새겨져 있었다. 마치 수수께끼도 같은 점토판이었지만 여러 고승의 도움을 받으며 장장 2년이라는 시간을 할애한 끝에 제임스 대령은 나칼을 해독했다.

무대륙 지도

'무대륙은 15,000년 전 태평양의 한가운데 자리했다.'

　나칼에 기록된 내용은 놀랍게도 무대륙의 건국에 관한 내용이었고 제임스 대령은 떨리는 마음으로 무대륙에 관한 기록을 마저 읽어 내려갔다.

'뛰어난 항해술과 막강한 군사력을 바탕으로 태양의 제국이
　라고도 불렸으며, 이를 통해 나라 안팎으로 성대하고 호화
　스러움을 뽐내기 충분하였다. 무대륙의 동쪽 끝에는 현재의

나칼의 상형 문자

하와이가 존재했고 서쪽 끝으로는 마리아나 제도가 있었다. 동에서 서로는 약 8,000km, 남에서 북으로는 약 5,000km에 이르는 등 태평양의 절반 가까이 차지하는 광활한 규모는 무대륙이 얼마나 강대했는지를 알려 준다.'

그렇게 나칼에 적혀 있는 모든 내용을 읽고 난 제임스 대령은 나칼이라는 확실한 증거를 토대로 무대륙에 대한 존재를 증명하기 위해 수십 년간 자신의 모든 인생을 바친다.

《잃어버린 무대륙》

　나칼을 발견하고부터 50년이 지난 1926년, 제임스는 《잃어버린 무대륙》이라는 책을 발간해 전 세계에 무대륙의 존재를 공표한다. 하지만 뜨거웠던 대중의 반응과 달리 학계 반응은 차가웠다. 제임스의 자료는 이해할 수 있었으나 중국보다 4배나 컸던 거대한 대륙이 흔적조차 없이 사라졌다는 사실은 과학적으로 불가능하다는 주장이 지배적이었기 때문이다.

　결국 제임스는 학계의 주장에 조목조목 반박하기에 이른다. 당시 제임스가 설명한 무대륙의 침몰 이유는 이렇다.

　'무대륙의 침몰은 화산대에 의해 형성된 가스 구멍 때문이다. 태평양의 화산대는 거미줄 같은 가스층에 의해 모두 연결되어 있기에 땅속에 있던 가스가 폭발하게 되면 지각층을 형성하고 있는 화강암에 벌집과 같은 구멍이 뚫리게 된다. 이 구멍들을 통해 가스가 지상으로 빠져나오면 땅속은 벌집처럼 텅텅 빈 동굴이 되어 버린다. 이때 지탱하는 힘이 약해져 천장이 무너져 내리면 연쇄반응으로 화산대 전체에 영향을 끼치게 되고 결국 대함몰이 일어난다.'

　여기에 더해 제임스는 무대륙의 증거로 이스터섬과 태평양의 수많은 작은 섬을 예시로 든다. 태평양 섬들 사이의 수심이 제각각인 이유 역시 무대륙의 침몰 때문이며 현재까지 살아남은 섬들은 과거 대함몰이 일어났을 때 가스 구멍들 사이에 자리 잡았기에 피할 수 있던 것이다.

태평양 한가운데서 태양의 제국으로 번영한 무대륙은 정말 오늘날 태평양에 남겨진 작은 섬들은 무대륙의 일부였던 것일까? 제임스의 말은 과연 진실이었을까?

'칸 6년, 11무르크, 사크의 달에 끔찍한 지진이 시작되어 13 츄앤까지 쉴 새 없이 지속되었다. 언덕의 나라 무대륙은 희생의 운명 앞에 서 있었으며 대지는 2번 치솟고 밤이 되자 사라졌다. 대지는 뜨거운 분노에 끊임없이 흔들리고 곳곳이 솟아오르고 가라앉았다. 결국 땅은 갈라지고 10의 나라는 사방으로 흩어졌다. 6,400만의 주민은 그렇게 분노 아래 묻히고 말았다. 이 책을 쓰기 8,060년 전의 일이었다.'

-《트로아노 고사본》 발췌

전설의 도시,
아틀란티스

우리는 대서양을 뭐라고 부르는가? 바로 아틀란틱 오션 Atlantic Ocean이라 부른다. 대서양의 이름에서 익숙한 단어를 하나 확인할 수 있다. 바로 아틀란티스다. 이 전설의 도시 아틀란티스는 어떻게 지구의 가장 큰 5개의 바다 중 하나인 대서양의 이름에 붙여졌으며, 현대에도 전 세계인이 열광하는 것일까?

플라톤이 묘사한 아틀란티스

최초로 아틀란티스를 이야기한 사람은 바로 그리스의 위대한 철학자 플라톤이다. 그는 《티마이오스》와 《크리티아스》라는 책을 통해 아틀란티스에 관해 이야기했는데, 자세한 내용은

플라톤이 묘사한 아틀란티스

다음과 같다.

'아득한 옛날, 풍요로움을 바탕으로 강대한 세력을 누리던 아름다운 섬. 위대한 전쟁 기술로 유럽과 아프리카를 발아래 둔 대제국은 훌륭한 문화마저 가지고 있었다. 하지만 그 거대한 제국 역시 도덕적 부패에 휩싸이고 말았다. 그리고 그에 대한 벌로 바다에 삼켜져 멸망하고 말았다.'

플라톤은 글의 말미에 섬의 위치를 헤라클레스의 기둥, 즉 현대의 지브롤터 해협에 있다 적었다. 아틀란티스에 관한 이야기는 자신의 조상 솔론에 의해 전해 내려왔으며 솔론은 고대 이집트의 한 신관으로부터 이 이야기를 전해 들었다고 덧붙였다.

아틀란티스는 사실인가 허구인가

하지만 아틀란티스는 지금까지도 실존 여부에 대해 많은 학자의 의견이 갈린다. 사실 아틀란티스에 대한 진위 논쟁은 고대에서부터 자주 일어났던 일어났다.

한 예로 아틀란티스를 최초로 이야기한 철학가 아리스토텔레스 역시 아틀란티스는 이상적인 국가를 강조하기 위함이며, 대중에게 도덕적 교훈을 주기 위한 허구일 뿐이라고 말하였다.

지난 1975년에는 '아틀란티스가 사실인가 허구인가'라는 제목의 국제 심포지엄이 열려 전 세계의 학자가 모여 갑론을박을 펼치며 연구를 진행했으나, 아직 현대 기술과 과학으로도 아틀란티스의 실존 여부는 베일에 가려져 있는 상태다.

강대한 군사력을 바탕으로 주변 섬은 물론 이탈리아와 북아프리카 일대까지 지배해 풍부한 자원으로 풍요로운 삶을 누렸다는 아틀란티스는 하루아침에 바다로부터 집어삼켜져 행적을 알 수조차 없는 섬이 되었다. 우리는 이 섬에 대한 단서를 아프리카에서 찾을 수 있었다.

사하라의 눈

2018년 10월, 미국의 한 유튜버가 공개한 영상에 세상은 다시금 떠들썩해졌다. 영상에는 아틀란티스가 발견되었다는 충격적인 내용이 담겨 있었다.

"지금 공개하는 이곳은 맨눈으로는 절대 확인이 불가능하며 오직 우주에서만 볼 수 있는 곳입니다. 제가 보여드릴 사진 역시 우주에서 위성으로 찍은 사진이며, 이곳이 바로 아틀란티스입니다."

사하라의 눈

플라톤이 묘사했던 아틀란티스의 모습이 기억나는가? 그리고 그가 지목한 사하라의 눈을 보도록 하자. 한눈에 봐도 비슷한 둘의 모습, 특히 플라톤의 묘사처럼 동심원의 모양을 하고 있으며 3개의 바다로 나누어져 있다. 심지어 북쪽에는 거대한 산이, 남쪽에는 물이 흐르는 통로마저 존재하고 심지어 주변 지리마저 동일한 모습이다.

놀라운 사실은 여기서 끝나지 않는다. 바로 둘의 크기를 주목해 보자. 플라톤이 말한 아틀란티스의 크기는 127스타디아다. 1스타디아는 현대 수치로 환산하면 약 185m가 되어 127스타디아는 총 지름 23.5km가 되는 셈이다. 그런데 놀랍게도 사하라의 눈은 위성사진을 통해 길이를 측정해 봤을 때 그 지름이 정확히 23.5km가 나온다. 즉, 아틀란티스와 동일한 지름을 가진 것이다.

아틀란티스는 바다 아래에 가라앉았는데 사하라는 사막이 아니냐는 의문이 들 수도 있다. 흥미로운 건 사하라 사막이 아틀란티스가 존재하던 당시에는 사막이 아니었단 사실이다.

많은 학자는 사하라 사막의 수많은 모래가 과거 바다에서 기원한 것이라 주장한다. 그 근거로 사하라 사막에는 유독 바다에서 형성되는 석회암이 많이 존재한다는 점과 심지어 문제의 사하라의 눈이 있는 지형에서는 수많은 해양 생물의 화석까지 발견된다는 점이 그 이유다.

이렇듯 수많은 증거 속에서도 아틀란티스의 존재 여부는 여전히 미궁 속에 빠져 있다. 헤라클레스의 기둥 그리고 사하라의 눈, 그밖에 수많은 곳에서 아틀란티스는 자신이 여기에 있었다고 주장하고 있다.

흔적 없이 사라진 샌디섬

지도에서 사라진 섬

문명의 발전은 이동에서부터 시작되었다고 해도 과언이 아니다. 여기에 가장 크게 이바지한 건 바로 지도다. 심지어 글쓰기보다 오래된 역사를 가진 지도를 한낱 도구로 생각한다면 그건 지나친 오산이다. 지도는 끊임없이 변화하는 지구상의 모든 위치를 정의하는 인류의 정체성과도 같다.

수천 년의 역사를 가진 지도는 그만큼 많은 양의 미스터리를 품고 있기도 하다. 오늘은 그중에서도 수백 년간 지도상에 존재했지만, 한순간에 흔적도 없이 사라져 버린 샌디섬을 이야기하고자 한다.

샌디섬은 존재한다

샌디섬은 남태평양 호주와 뉴칼레도니아 사이에 있었던 길이 25km 정도의 커다란 섬이다. 이 섬은 오래된 고지도는 물론이고 심지어는 지도앱까지 '샌디 아일랜드'라고 정식 표기되어 있던 존재하는 섬이었다. 샌디섬이 세상에 최초로 등장한 건 1774년 9월 14일, 영국의 해군 대령 제임스 쿡 선장의 항해일지다.

'태평양을 항해하던 중 처음 보는 모래섬을 발견했다. 분명

지도에 표시된 샌디섬

이전 탐사에서는 발견되지 않았던 섬인데 어찌 된 영문인지 도무지 알 수 없는 노릇이다. 차후 면밀한 탐사가 필요할 것으로 보인다. 여기에 이 섬의 좌표를 남겨 둔다.'

그로부터 백여 년이 지난 1876년, 샌디섬은 정식으로 공식 지도에 등록되는데, 호주 벨로시티호의 선장이 제임스 쿡 선장이 기록한 좌표와 같은 곳에서 신원 미상의 섬을 발견했다는 정식 보고에 의해서였다.

당시의 남태평양 지도의 대부분을 제작한 제임스 쿡 선장이었기에 그 누구도 그의 지도를 의심하지 않았고, 여기에 벨로시티호의 추가 증언까지 더해지자 샌디섬의 존재는 사실상 확실해진 셈이다.

샌디섬은 허상의 섬이다

그 후 샌디섬은 각국의 지도에 하나둘씩 표기된다. 19세기 당시 항해사라면 누구나 숙지해야 할 영국의 해양 수로국에서 발간한 공인 지도에서도 샌디섬을 확인할 수 있다. 샌디섬은 남태평양을 횡단하는 황해사라면 모두가 숙지해야 할 중요한 섬으로 수백 년간 인식된 것이었다. 하지만 1984년, 샌디섬의 실존 여부를 두고 논란이 생겼다. 영국의 항로 측량사 제이크

워드가 샌디섬이 허상의 섬이라고 주장했다.

"샌디 아일랜드는 존재하지 않는 섬입니다. 1774년부터 무려 200여 년간 그 섬에 정박한 탐사선이 단 한 척도 없었고, 고작 몇몇 목격담만 존재합니다. 이런 섬이 세상에 있다고 말할 수 있겠습니까? 이건 항해사의 자존심이 걸린 문제입니다."

제이크는 이에 그치지 않고 프랑스 해양 수로국에 샌디섬의 실존 여부에 대해 다시 한번 확인할 것을 요청했다. 프랑스 해양 수로국은 곧장 항공을 통해 해상 탐사에 착수했고, 샌디섬은 실존하는 섬이 아니라는 판단을 내리며 지도에서 영영 삭제하기에 이른다.

위성에 나타난 샌디섬

하나의 해프닝으로 끝이 나는 듯 보였던 샌디섬이었지만, 샌디섬은 근래에도 실존했다. 위성지도를 통해 본 남태평양에 여전히 샌디섬이 존재했다.

문제는 샌디섬은 지도상에서 여타 다른 섬과 다른 점이 보였는데, 위성 상으로 본 섬은 명확한 형태가 아닌 무언가로 새까맣게 덧칠된 모습이었다. 이는 지도 앱의 정책상 군사지역 등 의도적으로 숨겨야 할 것들과 같은 방식이다. 이에 전 세계의 언론 매체는 샌디섬을 주목하기 시작했고 발 빠르게 샌디섬의 의혹은 커진다.

　그렇게 섬의 실체를 두고 음모론자, 회의론자, 지도학자 등 각계각층에서 뜨거운 논쟁이 이어지게 된다. 샌디섬은 실제로 존재하지만 군사적인 목적에 의해 은폐되고 있다거나, 섬 주변의 색깔이 미세하게 다른 것으로 보아 바다 밑으로 가라앉았다는 등의 주장이다.

　그런데 2012년 11월, 샌디섬이 전 세계의 지도에서 돌연 사라진다. 마치 그들을 비웃는 것처럼 수백 년간 멀쩡했던 섬이 한순간에 사라졌다.

시드니 대학의 해저 지질 탐사대

　"계속된 논란에 저희 시드니 대학 지질 탐사대는 샌디섬을 조사했습니다. 우리는 지도상에 있는 섬의 좌표에 도달했지만, 육안은 물론이고 선박의 레이더에서 역시 그 어떠한 것도 발견되지 않았습니다. 우리가 확인할 수 있었던 건 파랗게 펄럭거리는 바다뿐이었습니다. 혹여나 섬의 수장 가능성도 고려하여 수심도 조사해 보았지만, 최소 1,500m까지는 어떠한 섬의 형태도 존재하지 않았습니다. 샌디 섬은 존재하지 않는 섬이었던 것입니다."

　샌디섬을 사라지게 한 것은 호주 시드니 대학의 지질 탐사대였다. 계속된 논란을 종결하고자 탐사에 나선 지질 탐사대는 샌디 섬의 존재를 확인할 수 없었고, 공식적으로 조사 결과를 발표하자 전 세계의 지도에 즉시 반영되었다.

전 세계의 지도에서 샌디섬은 사라졌으며 지금은 같은 이름의 다른 장소만 남아 있을 뿐이지만, 의혹은 여전히 남아 있다. 수백 년간 존재했던 샌디섬의 정체는 무엇일까? 공신력 있던 제임스 쿡 선장의 실책에 불과했을까? 샌디섬이 지도에 사라진 지금도 다양한 의혹이 제기되지만 확실한 건 이제 샌디섬은 존재하지 않는다는 사실이다.

3장

초자연 현상의
목격자

교황청 타임머신

1950년 이탈리아가 한바탕 소란스러워졌다. 한 주간지에서 지나간 시간을 영상으로 볼 수 있는 기계가 발견되었다는 특종을 공개했기 때문이다. 비록 이 놀라운 기계를 통해 시간 여행을 할 수 있던 건 아니지만 일종의 타임머신에 가까웠기에 대중의 이목이 쏠리는 건 당연했다.

"제2차 세계대전이 끝나고 얼마 되지 않은 1950년, 로마 교황청에서는 바티칸을 과학 선도 국가로 도약시키기 위해 유능한 연구진을 소집했습니다. 소집 당시 각계각층의 연구원이 전 세계에서 모여들기 시작했고 그중 가장 흥미로운 프로젝트는 타임머신이었죠. 그렇게 기획감독관인 저를 중심으로 노벨물리학상을 수상한 엔리코 페르미 그리고 역사상

주간지에 기록된 교황청 타임머신

가장 뛰어난 로켓 연구원이라고 자부할 수 있는 베르너 폰 브라운 등 총 9명의 연구원이 한데 모여 타임머신 개발에 착수하게 됐습니다."

교황청 소속의 신부 펠레그리노 에르네티의 인터뷰는 가히 놀라웠다. 에르네티는 성직자였지만 또한 양자물리학의 권위 자였기에 그의 말은 충분한 신뢰도를 가졌다.

과거 에너지를 축적하는 기계,
크로노바이저

　세상에 존재하는 모든 물리적 파장은 흔적을 남기게 되고, 그 에너지는 사라지지 않고 분명히 어딘가에 존재한다. 만약 이 에너지를 빛과 소리의 형태로 재구성하게 된다면 우리는 물리적 파장을 영상이나 음성의 형태로 변환하여 직접 확인할 수 있게 된다.

　그들은 결국 6여 년의 연구 끝에 과거 일어났던 일이 저장된 물리적 파장을 시각화하는데 성공한다. 바로 크로노바이저라

교황청 기계

는 기계를 통해서 말이다. 크로노바이저는 특정 시간대를 적용하면 당시의 에너지를 추적할 뿐만 아니라 그 에너지의 파장을 수신받아 빛과 음성으로 변환하고, 브라운관으로 송출해 주었다. 이를 통해 1797년 프랑스 나폴레옹 보나파르트의 연설, 이탈리아 베니토 무솔리니의 연설, 심지어 살아생전의 예수까지 포착할 수 있었다. 물리적인 과거 여행은 불가능할지언정 과거의 에너지를 통해 시각적 과거 여행은 가능해진 셈이다.

하지만 교황청은 크로노바이저를 폐기하기로 결정한다. 세계대전의 아픔이 완전히 가시지 않은 당시 상황을 고려해 혹시라도 크로노바이저가 독재자의 손에 들어간다면 세상에 큰 혼란을 일으키기 충분하다고 판단하였기 때문이었다. 결국 1970년까지 크로노바이저 프로젝트에 참여했던 연구원 모두에게 함구령을 내렸고, 크로노바이저는 교황청의 비밀 창고에 무기한 보관되고 만다.

크로노바이저는 허구의 기계다

이 모든 건 에르네티가 잡지사에 인터뷰한 내용이었다. 인터뷰를 통해 에르네티는 단숨에 유명세를 얻었는데 이에 따라 또 다른 언론사에서는 에르네티를 폭로하기에 이른다.

"에르네티는 성직자도, 물리학자도 아닌 그저 사기꾼일 뿐입니다. 확인한 결과 에르네티가 본 예수 사진은 예수가 아닌 고작 돈키호테 조각상에 불과합니다."

에르네티를 폭로하는 기사가 나오자마자 대중은 그가 관심을 얻기 위해 크로노바이저라는 허구의 기계를 거짓으로 지어 냈다며 에르네티를 질타했다. 에르네티는 끝까지 굴하지 않고 자신의 주장을 이어 나갔다. 그러다 1994년, 에르네티 신부는 임종 직전 유언을 남기고 세상을 떠났다.

'기사에 실린 조작된 예수의 사진은 내가 본 것이 아닌 조작된 사진이다. 지나가는 사람을 붙잡고 물어봐도 대답할 만큼 유명한 돈키호테의 조각상을 증거로 제시할 만큼의 바보는 이 세상 어디에도 없을 것이다. 크로노바이저는 지금도 교황청의 비밀 창고 어딘가에 분명 존재한다.'

그가 떠나고 난 후에도 에르네티 신부의 지인이자 교황청 성서 연구원이었던 브룬은 에르네티를 대변하여 크로노바이저의 존재를 이야기하고 있다. 정말 과거를 볼 수 있는 기계는 존재했던 것일까?

섬 주민 증발 사건

베니싱 현상 그리고 주민 증발 사건

베니싱 현상은 사람이나 사물 등이 어느 순간 흔적도 없이 사라져 버리는 초자연적인 현상을 말한다. 베니싱 현상은 현대 과학으로도 해결할 수 없기에 '세계 5대 미스터리'로 불린다. 그 중에서도 굉장히 유명한 사건이 하나 있는데, 바로 로어노크섬 주민 증발 사건이다.

지금으로부터 500여 년 전, 산업 혁명의 한계를 느낀 당시의 유럽 국가는 유럽을 넘어 아프리카와 아메리카 대륙을 식민지화하기 위해 혈안이 되어 있는 상태였다. 하지만 영국은 다른 유럽의 국가와 달리 식민지 개척에 실패를 거듭했고, 17세기가 되어서 식민지 개척에 조금씩 성과를 보였다.

로어노크섬 (1)

1584년, 월터 롤리 경Sir Walter Raleigh은 엘리자베스 1세 여왕으로부터 식민지 개척의 임무를 받아 대서양으로 나서 북아메리카의 동해안 인근을 탐험하게 된다. 월터 롤리 경은 지금의 미국 버지니아주를 최초로 발견한 유능한 탐험가로 당시 영국에서도 기대가 큰 출항이었다.

월터 롤리 경은 이내 지도에 존재하지 않는 새로운 섬을 하나 발견한다. 바로 로어노크섬이었다. 탐험대는 곧장 섬에 대한 조사를 시작하였지만 월터 롤리 경은 이내 고개를 저을 수밖에 없었다.

'새로운 섬 하나를 발견했으나 지배할 수 없겠어. 발을 디딜 때마다 푸석한 땅이 반겨 주었고, 오랜 기간 식량난이 지속된 탓인지 앙상한 원주민은 쓸모가 없어 보여.'

식민지 운영 경험이 많은 월터 롤리 경조차도 로어노크섬의 척박한 땅을 감당하기란 어려웠다. 여기에 당시 원주민의 강한 적대심과 거센 반발이 더해져 로어노크섬 1차 개척 임무는 결국 수포로 돌아가게 된다.

섬에 남게 된 아들

로어노크섬 1차 개척 임무가 실패한 지 3년이 지난 1587년, 월터 롤리의 절친한 친구였던 존 화이트는 로어노크섬에 대한 의문을 해소하고자 자기 아들을 포함한 120여 명의 탐험대원을 이끌고 로어노크섬으로 향한다.

존은 월터를 반면교사 삼아 원주민과 우호적인 관계를 형성하고자 노력해 원주민과 가까워지는 데까지 성공한다. 그 결과 존의 탐험대는 로어노크섬에 안정적으로 정착할 수 있었다.

심지어 존의 아들은 원주민과 결혼하여 이쁜 아이까지 낳는데, 이 아이가 바로 신대륙에서 태어난 최초의 영국 국적의 아이 버지니아 데어다.

그만큼 존은 로어노크섬을 안정화하는 데 주력했으며, 나아가 식량 문제를 포함한 여러 현지 문제를 해결하기 위해 수많은 정책을 펼치는 등의 노력을 이어 나갔다. 하지만 존의 노력에도 불구하고 로어노크섬의 상태는 끔찍하리만큼 좋지 않았다. 결국 존은 가족을 뒤로한 채 30명의 탐사대원을 이끌고 물자 보충을 위해 영국으로 떠난다. 이때 존의 아들 그리고 손자를 비롯한 가족은 험난한 항해를 함께할 수 없어 로어노크섬에 남게 되었다.

공터가 된 로어노크섬

존 화이트는 험난한 항해 끝에 무사히 영국으로 귀환하게 되되었지만, 로어노크섬에 두고 온 가족이 아른거려 빠르게 성과

로어노크섬 (2)

를 보고한 후 물자를 요구했다. 영국은 이에 흔쾌히 존을 보내 주려 하지만 이때 예상치 못한 문제가 발생한다. 바로 잉글랜드-스페인 전쟁이다.

대서양은 이미 스페인의 함대가 장악해 버린 상황에 모든 함선은 출항이 금지되었고, 심지어 출항할 수 있는 함선은 모두 전쟁에 투입되어 버렸다. 존 화이트는 결국 꼼짝없이 영국에 묶여 전전긍긍하는 것 말고는 할 수 있는 방법이 존재하지 않았다.

그렇게 몇 년이 흘렀을까, 전쟁이 소강 상태에 접어들고 나서야 존 화이트는 로어노크섬을 향할 수 있었는데, 기다린 기간이 자그마치 3년이었다. 가족에 대한 걱정과 안 본 새 얼마나 컸을지 모를 손자에 대한 기대감을 안고 존 화이트는 로어노크섬으로 출항을 서두른다.

들뜬 마음도 잠시, 3년 만에 밟은 로어노크섬은 이상하리만큼 조용하였다. 존 화이트의 기대감은 삽시간에 불안과 공포로 바뀌고 마치 미친 사람처럼 로어노크섬을 헤매기 시작했다.

한참을 헤매도 로어노크섬에는 가족은커녕 원주민의 인기척도 느껴지지 않았다. 집도 그대로 있고, 사용하던 물건, 심지어 손주의 장난감까지 그대로 있는 섬에 사람만 사라진 것이다.

존 화이트는 미칠 노릇이었다. 섬에 남아 있는 가족을 비롯한 115명의 사람이 모두 사라진 것도 황당한 노릇인데 이유조차 아예 알 수 없었기 때문이다.

그들은 어디로 갔는가

결국 존 화이트는 12년이란 시간 동안 가족을 찾아 전 세계를 떠돌게 된다. 주변 섬을 중심으로 조사한 결과 세 가지 가설을 세울 수 있었으나 사라진 이들을 찾을 수는 없었다. 존의 가족은 어디로 간 것일까? 식기마저 그대로 둔 채 사라진 그들은 과연 어떻게 되었을까? 존 화이트의 일기를 발췌하며 이 이야기를 마무리하고자 한다.

'나는 내 가족 그리고 로어노크섬의 친우를 찾기 위해 미친 듯이 세계를 헤맸다. 그리고 세 가지 가설에 다다르기에 이른다. 첫째는 애석하게도 수장당했다는 가설이다. 그들은 로어노크섬에서 물자가 한없이 부족했을 것이고 내가 돌아오지 않자 직접 영국으로 향했을 수 있다. 하지만 당시 영국은 스페인과 전면전을 벌이고 상황, 그들은 스페인 함대에 의해 수장되었을 가능성이 있다.

둘째로는 인근에 있던 타 섬의 원주민에 의해 몰살되었을 가능성이다. 12년간 우리 영국에서는 로어노크섬 주변에 조사단을 꾸준히 보냈었고, 그중 존 스미스가 지휘관으로 있던 당시 로어노크섬 주변의 파우하탄족에게 포로로 잡힌 일이 있었다. 그들이 말하기를 로어노크섬을 비롯한 여러 섬에 동맹을 제안했으나 몇몇 부족은 자신들의 제안을 거절하였으며, 동맹을 거절한 부족은 몰살을 시킨다는 이야기였다. 만일 로어노크섬에 있던 내 가족을 몰살시켰다면 나는 파우하탄족을 멸족하리…

마지막으로는 타 섬으로 이주했을 가능성이다. 내가 로어노크섬에 마지막으로 방문했을 당시 마을 중심부 나무에 크로아톤Croatoan이라는 단어가 새겨져 있었는데, 크로아톤이란 현재의 헤트리스섬으로 로어노크인은 먹고 살기 위해 크로아톤으로 이주했을 수도 있다. 하지만 내가 크로아톤섬을 방문하였을 땐 로어노크섬의 흔적을 찾아볼 수 없었으며 혹여나 또 다른 섬으로 이주했을 가능성이 있어 지금도 난 그들을 찾아 헤맨다…'

나무 정령

나무 정령, 코마다

1997년 일본의 지브리에서 신비로운 애니메이션이 개봉했다. 바로 〈모노노케 히메(2003년)〉다. 한국에서는 '원령공주'로 불리는 〈모노노케 히메〉를 보면 귀여운 캐릭터가 하나 있는데 바로 '코다마'다.

코다마란 나무 정령이 모티브가 된 캐릭터로 일본에서는 예로부터 신성시되는 정령이다.

'고목을 잘랐는데 피가 나왔다면 그 나무를 자른 이는 평생
고통에 시달리다 심한 경우 죽기도 했다. 그렇기에 코다마
가 깃든 나무는 절대 베어서는 안 된다.'

다양한 전설이 존재하는 나무 정령은 본래 인간에게 해를 끼치는 악귀가 아니다. 원령공주 속 귀여운 외모로 표현된 모습을 통해서도 알 수 있듯이 나무 정령은 숲속의 오래된 나무에 깃들어 살며 숲을 보호하는 요정과 같은 존재다.

그렇기에 한국에서도 나무 정령 혹은 목령이라 부르며 나무 정령을 기려왔다. 하지만 현대에 이르러선 나무 정령에 대한 존재 자체를 의심하는 이가 늘어나고 있다. 현대 과학이 발전하면서 정령이란 없다는 주장이 지배적이기 때문이다.

그렇다면 정말 나무 정령은 실존하지 않는 것일까?

"가고시마현의 야쿠시마숲에는 무려 3,000여 년간 숲을 지켜온 거대한 삼나무가 하나 있어요. 이 삼나무가 바로 나무 정령의 보금자리입니다."

삼나무에는 둥글고 반투명한 물체가 옹기종기 모여 있는 것을 확인할 수 있었다. 무엇보다 가장 큰 특징은 바로 귀여운 두 눈을 지니고 있단 점이다. 또 다른 형상에서는 마치 하품하는 것처럼 입을 벌리고 있는 나무 정령을 볼 수 있었다. 테두리 부분이 몸통에 비해 조금 더 밝게 빛나는 것 역시 하나의 특징이라고 볼 수 있다.

"눈으로는 절대 확인할 수 없어요. 마치 발광체처럼 특정 조건에서 카메라로 찍어야만 보입니다."

나무 정령 촬영에 성공한 이는 하나 같이 나무 정령의 존재를 믿었다. 그리고 현재까지도 나무 정령에 대한 수많은 제보가 전 세계적으로 이어지고 있다.

나무 정령은 광학적 사진일 뿐이다?

나무 정령의 존재에 대한 갑론을박은 계속되고 있다. 우선 나무 정령의 존재를 부정하는 이들은 나무 정령이 광학적 현상이라는 주장을 내세운다.

"이 현상은 단순히 하늘에서 내리는 빗방울이 빛에 반사되어 나타난 것입니다. 실제 야쿠시마숲은 바다에서 건너온 습한 공기 탓에 무려 도쿄와 비교했을 때 3배에 가까운 강수량으로 비가 내립니다. 그렇기에 촬영한 날 역시 비가 왔을 가능성이 큰 셈이죠. 이런 날 촬영을 위해 플래시를 터뜨리게 되면 당연히 빗방울에 빛이 반사되며 나무 정령이라고 주장할만한 사진이 찍히게 되는 것입니다."

사진을 제보한 이 대다수는 맑은 날 촬영을 했으며, 실제로 사진 속에는 빗방울이 보이지 않음에도 그들은 광학적 현상이라는 주장을 굽히지 않고 있다. 심지어 사진 속 나무 정령의 새까만 두 눈은 그들조차도 이렇다 할 설명을 하지 못하는 상황이다.

영적인 존재, 나무 정령

물론 모든 나무 정령 사진을 믿는 건 아니다. 하지만 우리는 살면서 과학적으로 입증하기 힘든 상황을 마주칠 때가 있다.

인간은 이해하지 못할 것을 마주하면 마치 없는 것처럼 치부하는 경향이 있다. 현대 과학이 발전하면서 그러한 성향은 점점 더 심해지고 있다.

과거에는 눈에 보이지 않았기에 존재를 몰랐던 것도 현대에 존재가 밝혀졌으며 기술로 활용되기도 한다. 이러한 역사를 보았을 때 나무 정령 역시 먼 훗날 과학이 조금 더 발전한다면 명확히 입증될 수 있다.

흔적을 남긴 UFO

UFO의 흔적, 엔젤 헤어

'만약 천사의 흔적이 있다면 이것과 똑같지 않았을까? 은백색으로 빛나는 얇은 비단실과 같은 이것은 대지에 닿자마자 흔적도 없이 사라지기에 그 누구도 간직할 수 없다.'

UFO(미확인 비행체)가 발견되면 어김없이 나타나는 게 있는데, 바로 엔젤 헤어Angel Hair다. 머나먼 옛 중세대부터 기록이 전해 내려오는 엔젤 헤어는 은백색을 띤 얇은 비단실과 같은 물질로 매우 독특한 특성을 보이고 있었다.

UFO가 목격된 자리에서 함께 발견되는 엔젤 헤어는 UFO가 사라지면 땅으로 내려앉고 땅에 닿으면 몇 분도 채 지나지

엔젤 헤어 UFO

않아 사라진다. 그래서 엔젤 헤어를 우연히 발견하게 되더라도 물질적인 증거를 남기기란 하늘의 별따기였다. 바로 1954년 이 전까지만 해도 말이다.

축구장에 등장한 UFO

1954년 10월 27일, 이탈리아의 축구팀 피오렌티나와 피스토 이에세의 친선전이 경기장에서 펼쳐지고 있었다. 그런데 열띤 응원과 함성으로 시끌벅적해야 할 축구장이 침묵 속에 빠지게 된다. 그것도 1만여 명의 관중 모두가 말이다.

"킥오프된 지 얼마 지나서였을까요. 경기장 위에 정체불명의 미확인 비행체가 나타났습니다. 우리는 경기를 진행할 수 없었고 결국 심판이 경기를 중단하기에 이릅니다."

당시 피오렌티나의 축구 선수였던 아르디코 마그니니가 영국의 국제신문사인 BBC World와의 인터뷰를 통해 밝힌 내용이었다.

"그것은 천천히 움직이는 달걀처럼 보이기도 했어요. 그러나 비행기도, 우주선도, 위성도 아닌 살면서 단 한 번도 본 적이 없는 것임은 확실합니다. 우리를 비롯해 모든 관중이 그 물체만 바라볼 수밖에 없는 생김새였습니다."

아르디코 마그니니는 그 순간을 회상하면 신비로운 기분이 든다는 말을 덧붙이며 인터뷰를 마무리했다. 또한 당시 관중 중에는 미확인 비행체가 마치 쿠반 시가의 담배 연기처럼 보이기도 했다며 여러 진술이 이어진 가운데 비행체는 2시 20분부터 29분까지 약 3번에 걸쳐 도시 상공을 질주하며 사라졌다고 한다.

거미줄 모양의 얇은 실

UFO가 사라지자 그 자리에서 거미줄 모양의 얇은 실이 나타났고 경기장에 떨어지기 시작했다. 실 모양의 물질은 손으로 잡는 순간 바로 사라져버려 물질 대다수가 유실되었지만, 당시 축구를 관람하러 온 대학원생 알프레드 자코포지는 이 물질을 확보할 수 있었다.

그는 실을 막대기에 재빨리 감은 다음 서둘러 가방에 있던 밀폐된 시험관에 봉인하였다. 그리고 원래 향하기로 하였던 피렌체 대학의 화학 분석 연구소로 향한다.

"교수님, 축구장에서 신비한 경험을 했습니다. UFO가 나타났고 9분여간 상공을 질주한 후에 이 얇은 실이 등장했습니다. 실은 만지면 곧장 사라져 버려 소량만 확보할 수 있었습니다."

알프레드 자코포지는 연구소의 책임자인 지오반니 카네리 교수에게 실을 인도하였고, 연구소에서는 곧장 면밀하게 분석을 시작했다.

"이건 우리 연구소에서만 진행해서는 안 될 물질이네. 바로 여러 연구소에 보내 의뢰해야겠어."

지오반니 카네리 교수는 엔젤 헤어의 분석이 끝나자 여러 연구소에 샘플을 보냈다.

우선 엔젤 헤어는 평균적인 모발보다 약 1.5배 더 가는 은백색의 반투명한 물질이라는 점과 극히 미세한 섬유를 가진 물질로 자연에서 형성되었을 가능성이 극히 낮으며, 결정적으로 엔젤 헤어는 지구상에 이와 유사한 물질이 존재하지 않았다.

"작동 화학분석을 통해 엔젤 헤어의 성분을 분석한 결과, 엔젤 헤어는 마그네슘, 규소, 브롬 등으로 구성되어 있었으며 추

채취된 엔젤 헤어

가로 다량의 방사능 성분이 포함되어 있었습니다."

그는 각 연구소의 의뢰서에 엔젤 헤어에 대한 분석을 서술하였고 전 세계는 삽시간에 놀라움에 휩싸이게 된다.

UFO와 엔젤 헤어

학계에는 엔젤 헤어에 대한 다양한 추측이 난무했다. 그중에서도 신빙성이 있는 주장은 총 세 가지로, 각각 UFO의 잔류물이라는 설과 켐트레일의 부산물이라는 설, 마지막으로 대기 생물이라는 설이었다.

"엔젤 헤어는 누가 봐도 UFO의 잔류물입니다. 전 세계에서 발견된 엔젤 헤어의 사례를 살펴보면 엔젤 헤어는 나타나기 직전 항상 이상한 형태의 구름이 동반됐습니다. 즉 구름형 UFO의 잔류물인 것이죠. 구름형 UFO는 여러분이 아시다시피 일반적인 구름과 확연한 차이를 보입니다. 바로 중력을 조절하는 것처럼 하늘을 헤엄치며 돌아다니기 때문이죠."

UFO 연구가 찰스 매니는 엔젤 헤어를 UFO의 잔류물이라고 강력히 주장했다. 하지만 그를 막아서는 이가 있었으니 바로 켐트레일 학회였다.

"엔젤 헤어는 당연히 케미컬트레일(이하 켐트레일)의 부산물입니다. 켐트레일이란 대기 중에 살포하는 화학 무기입니다. 일

루미나티와 비슷한 특정 세력이 환경을 조작하여 비밀리에 인구를 조정하기 위해 사용하는 것입니다. 엔젤 헤어에서 검출되는 방사능 성분이 바로 엔젤 헤어가 켐트레일의 부산물이라는 확실한 증거입니다. 특히 켐트레일은 대기 중에 분사됨과 동시에 물방울과 만나 얼음 결정이 형성되는데, 이때 이상한 구름을 만들게 됩니다. 어디서 많이 본 구름이죠? 맞습니다. 엔젤 헤어의 그 구름입니다."

바다의 해파리

존스 박사는 엔젤 헤어를 대기 생물의 분비물이라고 표현했다.

"구름형 UFO는 바로 대기 생물입니다. 우리가 흔히 볼 수 있는 해양 무척추 동물의 외형을 생각해 보십시오. 구름형 UFO와 상당히 유사함을 알 수 있습니다. 하늘과 바다 사이에는 사실 경계가 없고, 대기와 해양은 마치 하나인 것처럼 흡사합니다. 그렇기에 바다의 해파리와 같은 생물이 대기에 존재하지 말란 법이 없는 셈이죠."

존스 박사는 지구 어딘가에 하늘과 바다의 경계가 모호한 지역이 있을 것이며, 그곳에서 해양 생물과 대기 생물의 상호작용을 통해 구름형 UFO와 같은 새로운 생명체가 탄생했을 거라고 주장했다.

"총 다섯 가지의 근거가 있습니다. 첫째로 구름형 UFO는 해양 무척추 동물과 같이 자체 발광하며, 둘째로는 해파리가 무리를 짓는 것처럼 구름형 UFO 역시 무리를 짓는 모습을 발견했기 때문입니다. 셋째로는 구름형 UFO의 목격 패턴이 해양 동물의 번식 시기와 비슷한 시기이며, 넷째로는 엔젤 헤어의 형태가 해파리의 촉수와 비슷하다는 점입니다. 그리고 마지막으로는 해양 무척추 동물의 촉수는 강력한 신경 독소가 있는 경우가 많은데 구름형 UFO의 엔젤 헤어 역시 독소에 노출된 것 같은 느낌을 준다는 점입니다."

엔젤 헤어에 관한 다양한 주장이 나왔고, 이에 엔젤 헤어는 다양한 명칭으로 불리고 있다. 여기서 확실한 점은 엔젤 헤어의 존재다. 과연 엔젤 헤어는 무엇이고 왜 지구에 나타난 것일까. 정말 지구에는 우리가 알지 못하는 대기 생명체가 유유히 떠다니고 있는 것일까?

스카이스톤

하늘을 나는 돌

1990년, 이탈리아의 지질학자 안젤오 피토니Angelo Pitoni가 봉사활동 겸 여행을 위해 아프리카로 향했다. 그는 시에라리온 케네마 지역에서 봉사활동을 이어가고 있었는데, 어느 날 지역의 추장 풀라로부터 신비한 돌 조각 하나를 선물 받게 된다.

"이 돌은 고대로부터 우리 부족에게 전해져 내려오는 외계 문명의 전설이자 보물입니다. 우리는 이것을 '하늘에서 떨어진 별'이라고 부릅니다. 당신에게 감사해 이 보물을 선물합니다."

피토니는 풀라 추장의 말에 돌 조각을 감사히 받아들었다. '하늘에서 떨어진 별'은 지질학자인 그도 생전 처음 보는 암석으로, 전반적으로 푸른 빛을 띠며 군데군데 가느다란 흰색 선

스카이스톤 상상도

이 그려져 있어 마치 우주에서 바라보는 지구의 하늘 같았다.

확인 불가, 푸른빛

이후 여행을 마치고 돌아온 피토니는 곧장 '하늘에서 떨어진 별'의 감정을 위해 제네바 자연 과학 연구소와 로마의 라 사피엔차 대학을 방문했으며, 스위스와 이탈리아뿐만 아니라 네덜란드, 독일, 일본 등 지질학에 일가견이 있는 연구소에서 동시다발적으로 연구가 진행되었다.

결과는 놀라웠다. '하늘에서 떨어진 별'은 암석임에도 불구하고 성분의 80%가 산소로 구성되어 있어 매우 가벼웠고, 암석의 연대는 무려 55,000년 전으로 추정되었다. 무엇보다 가장 놀라운 건 암석의 구성 성분 중 하나가 오늘날에도 알려지지 않은 광물과 보석이라는 것이다. '하늘에서 떨어진 별'에 대해 이렇게 표현했다.

'하늘에서 떨어진 별을 처음 접했을 때의 당황스러움은 그 누구도 상상할 수 없을 것이다. 내가 무엇을 보고 있는 건지도 알 수 없었으며 이전에 연구해 온 그 무엇과도 비교할 만한 기준조차 세울 수 없었다. 이 암석은 공식적으로 식별할 수 있는 어떠한 물체가 아니다. 우리는 이토록 신비한 암석

이 하늘같이 생겼다 하여 스카이스톤이라고 명명하였다.'

놀라운 사실은 여기서 끝나지 않는다. 스카이스톤을 육안으로 확인할 경우 푸른 빛을 띠지만, 현미경을 통해 분말 형태로 관찰하면 그 색상이 사라져 버리는 것이다. 여기에 더해 대부분의 암석을 녹일 수 있는 강산을 사용해 다양한 테스트를 진행해 보았지만 어떠한 산도 스카이스톤에 영향을 끼칠 수 없었으며 심지어 3,000도 이상의 극고온으로 가열하여도 암석의 구성이 단 하나도 변하지 않았다. 이러한 연구를 토대로 학자들은 스카이스톤이 자연물도 운석도 아닌 인공물일 가능성을 제기했다.

스카이스톤은 외계 문명의 잔재다

'현존하는 어떠한 천연 광물과도 일치하지 않는다는 점을 고려한다면 스카이스톤은 인공적으로 만들어진 물질일 가능성이 크다. 추가로 스카이스톤이 케네마에 100kg 이상이 더 존재한다는 것으로 미루어 보았을 때 이는 어떠한 목적을 위해 제작된 하나의 물체였을 가능성이 크다.'

당대의 많은 학자가 스카이스톤에 대해 갑론을박을 펼쳤지만, 결국에는 천연광물이 아니라는 점만 알게 되었으며 특히 박사 프리티는 물체의 기원이 지구에 국한될 필요는 없다며 외계 문명의 잔재일 가능성이 크다라는 것에 힘을 실으며 이렇게 전했다.

"스카이스톤을 부순 후 아세톤, 헥산, 메틸렌과 혼합하여 초음파로 추출한 결과 학계에 보고되지 않은 유기화합물이 발견되었습니다. 이 물체는 지구에 존재할 수 없는 성분으로 구성되어 있었으며 푸른색을 만드는 요소는 유기적일 수 있습니다."

수많은 학자가 스카이스톤의 기원에 대해 초고대 문명 혹은 외계 문명의 가능성에 대해 이야기한 가운데 어느 지역의 신화를 끝으로 마무리한다.

'본디 흙 위뿐만 아니라 하늘 위에도 사는 존재가 있다. 그들은 오만하게도 하늘을 자신의 것이라 떠들고 다녔고 신은 결국 그들을 벌하였다. 하늘을 닮은 돌로 바꾸어 버린 것이다. 그렇게 그들은 자신의 것이라 우긴 하늘에서 쫓겨나 돌이 되어 땅으로 던져졌다. 영원히, 그렇게 영원히 그들은 하늘을 볼 수 없게 되었다.'

인간을 따르는
금속구체

잭슨빌에서 발견된 의문의 물건

1974년 미국 플로리다주의 잭슨빌에서 미국인 청년 테리 베츠는 숲속을 산책하던 중 이상한 구체를 하나 발견한다. 풀숲에 숨겨져 있던 구체는 마치 볼링공처럼 표면이 매끈하고 반짝이는 형태였는데, 테리는 예사롭지 않은 모습에 구체를 들고 곧장 집으로 향했다.

"아버지, 숲속에 신기한 물건이 있길래 들고 왔어요. 이게 뭘까요? 혹시 값비싸게 팔리지는 않을까요?"

테리 베츠의 아버지 게리 베츠는 아들의 말에 유심히 구체를 살펴보았다.

"잭슨빌의 지역적 특성을 고려하면 아마 르네상스 시대에

테리 베츠가 발견한 금속구체

사용되던 대포알일 거야. 생긴 것도 그렇고 이건 분명 대포알
이야."

게리 베츠의 말은 분명 합리적인 추측이었지만 의아하기도
했다. 가장 큰 의문점은 바로 구체의 상태였다. 최소 400년에서
500년간 자연에서 방치되어 있던 대포알이라기에는 부식된 부
분 하나 없이 깔끔했기 때문이다. 하지만 테리는 게리의 말이
맞겠거니하며 구체를 테이블 위에 방치해 두었다.

기이한 현상의 중심에 선 구체

그런데 얼마 후, 베츠가문에 이상한 일이 일어나기 시작한다. 하루는 테리가 자신의 방에서 기타 연주를 하고 있었는데, 갑자기 테이블 위에 있던 구체가 엄청난 속도로 진동을 하기 시작했다. 거기에 그치지 않고 구체는 진동과 함께 마치 기타 소리에 반응이라도 하는 것 마냥 소리까지 들리기 시작했다.

이뿐만이 아니었다. 테리가 키우는 반려견은 구체가 있는 테이블에는 얼씬도 하지 않았고, 반려견을 테이블 가까이로 억지로 데려오면 낑낑거리며 발로 귀를 막는 등 이상행동을 보였다.

이상현상이 지속적으로 일어나 게리는 이 사실을 알리기 위해 지역의 라디오쇼 진행자인 론 키벳을 찾아가 라디오에 출연한다.

금속구체를 잡고 있는 사람들

"안녕하세요, 게리. 오늘은 특별한 물건이 있다고 해서 불렀는데요. 어떤 물건을 들고 오셨나요?"

"안녕하세요 론. 제가 오늘 들고 온 물건… 물건이라고 하는 게 맞는지도 잘 모르겠습니다. 하여튼 이 물건은 볼링공만한 크기의 구체로 굉장히 기이합니다. 우선 한 가지 현상을 보여 드리겠습니다."

이야기와 동시에 게리 베츠는 구체를 라디오 스튜디오 내에 있는 테이블 위에서 론 키벳에게 굴렸고, 구체는 론 키벳에게 굴러가는 듯 하였으나 가장자리를 빙빙 돌다가 이내 게리 베츠에게 돌아왔다.

"제가 지금 본 게 사실인가요? 혹시 보이지 않는 실이 있다거나 그런 건 아니죠?"

"실이요? 실이 있다면 제가 모자를 먹겠습니다."

"청취자 여러분, 정말 놀라운 일입니다. 제가 두 눈으로 보아도 이건 믿기지 않습니다. 게리 씨가 들고 온 매끈한 구체가 마치 발이라도 달린 것마냥 테이블을 자기 혼자 빙빙 돌다가 이내 돌아갔어요."

흥분한 론에게 게리는 그동안 일어났던 기이한 현상을 이야기했고, 론은 이 물체에 대해 이렇게 결론을 내린다.

"이 이상한 물체는 절대 지구의 것이 아닙니다. 이 물체는 기존 연구진이 주장해 왔던 물리학 법칙을 깨부수는 것을 몸소 보여 주고 있습니다. 어느 방향으로 보내도 다시 돌아오는 이게 만일 지구의 것이라면 지구의 연구진은 모두 헛똑똑이었거나 거짓말쟁이인 셈입니다."

구체에 대한 라디오 방송은 대박이 났고, 과학계와 UFO학회는 열광했다. 그뿐만이 아니라 〈뉴욕 타임스〉를 비롯한 전 세계 언론사 역시 구슬의 기적을 보도하기 위해 게리의 집으로 몰려들어 열띤 취재 현장이 조성되었다.

게리 가족은 수많은 군중 앞에서 또다시 구슬의 묘기를 선보였고 학계에서는 이러한 모습을 토대로 구슬에 가족의 이름을 따서 '베츠 구체'라는 이름을 짓게 된다. 이와 동시에 베츠 구체에 대한 의혹도 제기 되었는데 주된 내용은 베츠 구체가 사실은 외계인의 도청 장치라는 것이었다.

그들은 베츠 구체가 강력한 자기장을 통해 묘기를 부릴 수 있으며, 이는 사실 무선 신호를 전송하기 위한 것이라며 미 해군을 포함한 각종 단체에 수사를 촉구했다.

이에 게리 가족은 해군이 조사하는 것은 허락하되 구체가 위험하지 않다는 게 판명되면 반드시 원래 상태 그대로 반환할 수 있다는 조항이 포함된 계약서를 작성했고, 미 해군에게 베츠 구체를 넘기게 된다.

베츠 구체의 조사

미 해군의 연구원들은 전달받은 베츠 구체를 면밀하게 조사하기 시작했다. 우선 엑스레이를 먼저 촬영했는데, 엑스레이상으로 본 베츠 구체의 내부는 매우 특이했다. 중앙에는 3개의 원이 균일한 간격으로 배열되어 있었으며, 특히 11시 방향의 구에서는 무언가가 뿜어져 나오는 듯한 현상이 보였다. 그리고 그 주변에는 알 수 없는 선이 일자로 그어져 있었다.

구체를 밀도 차로 계산해 보니 3개의 구역으로 나누어져 있었는데, 연구를 위해 여러 공정을 거치게 되면 내부의 경계가 더욱 뚜렷해지는 것을 알 수 있다.

"해당 물체는 열과 부식을 견딜 수 있도록 자성 합금으로 만들어졌으며, 약 0.5in 두께의 껍질이 외부를 감싸고 있습니다. 이 속에 무엇이 들어 있는지는 현대 과학 기술로는 확인할 수 없으나 적어도 확실한 것은 폭발할 가능성은 없습니다."

연구원은 베츠 구체의 연구를 마친 후 게리에게 베츠 구체를 반으로 잘라 속을 확인하자고 제안하며 이렇게 이야기했다. 하지만 게리 가족은 이 제안을 거절했고 결국 베츠 구체의 내부에 대한 진실은 아무도 알 수 없게 되었다.

이후의 베츠 구체의 행방은 알 수 없다. 베츠 가문을 떠나 영국에 있다는 이야기 아니면 멕시코에 있다는 이야기 그도 아니면 중국에 있다는 이야기까지 전해지는 만큼 우리는 베츠 구체를 더 이상 찾아볼 수 없다. 혹시 베츠 구체는 혹자의 주장처럼 외계의 도청 장치였고, 그 임무를 다해 떠난 건 아닐까? 아니면 지금도 지구 어딘가를 떠돌아다니고 있는 것은 아닐까.

달걀을 낳는 절벽

의문의 달걀

중국 구이저우성 한 시골 마을에는 오랜 세월 수수께끼로 남아 있는 신비한 절벽이 있다. 마을 사람들은 달걀 낳는 절벽이라는 뜻으로 '찬단야'라 부른다. 그 이유는 바로 절벽 암벽에 매달려 있는 수십 개의 바위들 때문이다. 마치 알을 품고 있는 듯한 모습에서 '달걀산'이라는 별칭이 붙여진 것이다.

마을 노인이 절벽을 가리키며 말했다.

"저건 바위알이에요. 30년이란 시간이 지나면 세상 밖으로 나오게 됩니다."

바위알은 탄생에서 출산까지 무려 30년이라는 기나긴 시간이 필요했다.

알을 낳는 절벽

"크기도 천차만별이에요. 작은 건 축구공만 하고 큰 건 270㎏
이나 되는 것도 있답니다."

바위알들은 저마다 크기와 모양이 달랐다. 하지만 모든 바위
는 알을 연상시켰다. 마을 사람들은 이 신비로운 바위알을 귀
중한 보물로 여겼다.

"알이 떨어질때쯤 밤낮으로 지킨답니다. 경쟁이라도 하듯
말이에요. 이 알을 가져가면 자손이 번영하고 복을 받는다고 하
니까요."

전해 내려오는 말에 따르면 이 바위알을 갖게 되면 자손에게

행운과 번영을 가져다 준다고 했다. 바위알이 절벽에서 떨어질 시기가 되면 마을 사람들은 서로 그것을 차지하려 했다. 100여 개가 넘는 바위알이 지금까지 수거됐고, 그중 일부는 외지 상인들에게 비싼 값에 팔려 나갔다. 일부는 이를 신성한 존재의 가호라 여기며 숭배의 대상으로 삼았다. 또 다른 이들은 달에서 내려온 신비로운 달걀이라는 착각에 빠져 있었다.

수많은 연구진이 찬단야의 비밀을 풀고자 노력했지만 지금까지 그 정체를 규명하지 못했다.

바위알은 자연이 만든 것이다

미신적인 해석과는 별개로, 일부 전문가는 이 바위알이 지질학적 현상의 산물이라고 봤다.

"이건 아마도 암석 용해 작용의 결과일 거예요. 오랜 세월 바위 속 광물질이 녹아 나와 만들어진 독특한 형상이죠. 약 5억 년 전 캄브리아기에 형성된 석회암 지층을 보면 그때만 해도 이곳은 깊은 바닷속이었을 겁니다. 아니면 굉장하게 느린 속도로 암석이 용해되고 재결정화되면서 이런 알 모양이 만들어졌을 수도 있겠네요."

오랜 시간에 걸쳐 바닷물의 침식과 풍화 작용을 받으며 바위가 둥글게 변했다는 것이다. 그리고 나중에 해수면이 낮아지면서 이 지역이 산으로 변했다고 한다.

"그렇게 알을 품게 된 산은 세월의 풍화와 침식을 거치면서 마침내 그 속의 바위알이 세상 밖으로 나오게 된 거죠."

하지만 아직 가설일 뿐, 정확한 원인과 메커니즘은 밝혀지지 않았다. 그런데도 마을 사람들은 이 신비로운 바위알에 큰 가치를 부여했다.

"저 바위알은 정말 경이롭네요. 마치 시간을 담고 있는 보물 같아요."

긴 세월이 지나 절벽에서 떨어진 바위알은 자연 그 자체의 위대함을 보여 주는 듯했다. 우리가 생각하는 것보다 자연은 훨씬 더 경이롭고 신비로운 모습을 지니고 있었다.

"도대체 이 바위알은 무슨 과정을 통해 만들어졌을까요? 그 비밀을 밝혀내고 싶어요."

마을 사람들은 호기심 가득한 눈빛으로 절벽을 바라보았다. 신비로운 바위알의 정체는 무엇일까? 그 의문은 여전히 풀리지 않은 채로 남아 있다.

퉁구스카 대폭발 사건

불가사의한 대폭발

1908년 6월 30일 이른 아침, 시베리아 동부 퉁구스카 지역의 한적한 숲속에 예기치 못한 재앙이 덮쳤다. 갑작스러운 폭발 소리와 함께 지면이 강렬하게 뒤흔들렸다.

"이게 무슨 일인가? 천둥소리랑은 다른데…"

인근 마을의 한 농부가 밭에 드러누운 채 하늘을 바라보았다. 그때 서쪽 하늘에서 푸른 불기둥이 수직으로 낙하하는 것이 목격되었다.

"저건 또 뭐지? 저렇게 하늘을 가르는 광경은 처음 보는데…"

이내 대지를 뒤흔드는 굉음이 울려 퍼졌다. 마치 세상의 종말이 온 듯한 거대한 폭발음이었다. 그리고 이내 검은 구름이

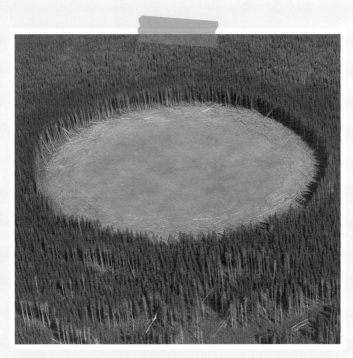

대폭발한 퉁구스카 (1)

온 하늘을 뒤덮었다.

마을 사람들은 공포에 질려 기도를 드리기 시작했다. 모두가 성경 속 '심판의 날'이 온 줄 알았다. 실제로 그 폭발의 위력은 지독했다. 진원지에서 반경 100mil 이상의 지역이 완전히 초토화되었으며, 2,000㎢가 넘는 숲이 일순간에 사라졌다. 8,000만 그루의 나무는 바람에 휩싸여 갈가리 부서졌다.

폭발의 여파로 450km 떨어진 곳에서는 열차가 전복되었고, 수천 km 밖의 유럽에서도 하늘에 이상 현상이 목격되었다. 폭발 당시 주변 지역의 온도는 무려 2만 4,700도에 달했다고 한다.

이는 현재의 TNT 기준으로 무려 500만 톤에 달하는 폭발력이었다. 히로시마 원자폭탄의 300배에서 500배에 이르는 파괴력을 지닌 것이다.

"대체 이런 끔찍한 일이 있을 수 있단 말인가? 지구 종말을 예고하는 현상이 아닐까?"

현장을 목격한 이들은 말문이 막혔다. 지구 역사상 이런 대규모 폭발은 처음 있는 일이었기 때문이다. 그야말로 인류가 경험해 보지 못한 미증유의 사건이었다.

"저게 도대체 무슨 일이지? 천체가 추락한 건가? 아니면 외계인의 소행인가?"

누구도 이 대재앙의 원인을 가늠할 수 없었다. 다만 불가사의한 천체 추락설, 외계인 공격설 등 수많은 가설만 무성할 뿐이었다.

툭구스카 대폭발 사건은 100여 년이 지난 지금까지도 그 정체를 밝히지 못한 채 세계 최대의 미스터리로 남아 있다. 당시 기술력으로는 이런 규모의 폭발을 인위적으로 만들어 낼 수 없었기 때문이다.

"도대체 저 거대한 폭발은 무엇에 의해 일어난 것일까? 그 실마리를 반드시 찾아내야만 한다!"

연구진은 툭구스카 대폭발의 정체를 규명하기 위해 수십 년간 연구를 거듭해 왔다. 행성 충돌, 소행성 추락, 외계인 공격 등 수많은 가설이 제기되었지만 아직 정설은 없는 상황이다.

운석 충돌설

툭구스카 대폭발의 원인으로 가장 먼저 떠올린 것은 바로 운석 충돌설이었다. 1921년, 사건 발생 13년 만에 첫 현장 조사단이 파견되었다. 그들의 눈 앞에 펼쳐진 광경은 믿기지 않을 정도였다. 수천만 그루의 나무가 한쪽으로 쓰러져 있었고, 운석 파편은 전혀 발견되지 않았다.

"이게 웬일인가? 운석이 충돌했다면 크레이터가 있어야 하는데…"

조사단은 당혹스러웠다. 이내 전 세계 연구진 사이에서 '혜성 충돌설'이 대두되었다.

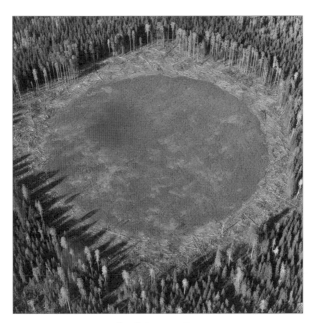
대폭발한 퉁구스카 (2)

"혜성이 상공에서 폭발했기에 운석 구덩이가 없는 거야. 얼음과 먼지로 이뤄진 혜성은 폭발 후 증발해 버렸을 테지."

하지만 일부 학자들은 이 가설에 회의적인 반응을 보였다.

"수십 km 크기까지의 혜성은 지구 접근 전에 관측되었어야 합니다. 하지만 당시 지구에 접근하는 혜성은 전혀 없었습니다."

이에 미국 텍사스대 물리학자는 '초소형 블랙홀 통과설'을 주장했다.

"미니 블랙홀이 지구를 뚫고 지나가며 강력한 충격파를 일으킨 것 같습니다."

하지만 이 가설 역시 지구 반대편에서 지진파가 관측되지 않았다는 점에서 설득력이 약해졌다. 메탄가스 폭발설, 외계 문명 개입설, 초기 핵실험설 등 수많은 가설이 제기되었지만 어느 것 하나 확실한 증거는 없었다. 연구진은 퉁구스카 대폭발의 진실을 밝히기 위해 계속해서 연구를 거듭해야만 했다.

소행성 폭발설

퉁구스카 대폭발 사건의 비밀은 약 100여 년간 풀리지 않은 채 끊임없는 논쟁거리가 됐다. 수많은 가설이 제기되었지만, 그 어느 것도 완벽한 설명력을 갖추지는 못했다. 그러던 2013년, 우크라이나 과학 아카데미로부터 반가운 소식이 전해졌다.

"우리는 1978년 퉁구스카에서 채취한 암석 샘플에서 운석에서 유래한 것으로 추정되는 자철광을 발견했습니다. 석질 소행성이 상공 8km 지점에서 폭발한 것으로 보입니다."

이는 100년간의 수수께끼에 마침표를 찍는 결정적 증거였다. 전 세계 언론은 이 소식을 서둘러 대중에게 알렸다.

"100년 미스터리가 해결됐습니다! 원인은 소행성 폭발이었습니다."

하지만 일부 학자들은 여전히 회의적인 반응을 보였다.

"자철광은 운석에서 발견되는 광물일 뿐입니다. 그것만으로

폭발 당시의 운석이었다고 단정 지을 순 없습니다."

과연 퉁구스카 대폭발의 진실은 무엇이었을까? 의문과 논란은 계속되고 있다. 하지만 분명한 것은 이 거대한 폭발이 오지가 아닌 도심 한가운데에서 일어났다면 상상할 수 없는 대참사가 발생했을 것이라는 사실이다. 만약 저런 폭발이 서울에서 일어났다면 지금의 우리나라는 없었을지도 모른다.

미래에서 온 동전

의문의 동전

2018년, 멕시코 한 건설 현장에서 특이한 동전 하나가 발견되었다. 땅속에 묻혀 있던 그 동전을 발견한 인부 디에고 아빌레스는 눈을 의심할 수밖에 없었다. 주조 연도가 2039년으로 새겨져 있었기 때문이다.

"이게 뭐지? 2039년? 16년 후에나 만들어질 미래의 동전이 어떻게 여기에 있단 거야?"

동전 표면에는 독수리 그림과 나치 문양이 선명했고, 테두리에는 'Alle in feiner nation(모든 국가는 하나다)'라는 문구가 적혀 있었다. 뒷면에는 'Nueva Alemania(신 독일)'라 새겨져 있었다.

"이건 나치 문양? 그렇다면 독일 동전인가? 이 글자들은 또 뭐지? 왜 여기에 이런 동전이 있는 거야?"

디에고 아빌레스는 독일 동전을 바로 제보하였고, 곧장 이에 몇 가지 가설이 제기되었다.

첫째, 발행 연도가 조작되어 실제로는 1939년 동전일 것이라는 주장이었다. 하지만 당시 동전과는 모습이 전혀 달랐기에 이 주장은 신빙성이 떨어졌다.

둘째, 나치 독일과 멕시코의 우정을 상징하는 기념주화일 것이라는 가설도 있었지만, 양국은 동맹을 맺은 적이 없었다.

셋째, 평행우주의 증거라는 주장도 있었다. 우리 세상과는 다른 차원에서 나치가 이미 전 세계를 정복했고, 그 동전이 우리 세상으로 들어온 것이라는 이론이었다.

타임슬립설

마지막으로 가장 흥미로운 주장은 미래 시간 여행자의 타임슬립설이었다. 남극의 나치 잔존 세력이 2039년 제3차 세계대전에서 승리해 지구를 정복했다가 동전을 가지고 시간 여행을 했다는 것이다.

과연 이 미래의 동전은 어떤 비밀을 간직하고 있을까? 타임슬립에 대한 주장을 펼친 학자는 동전을 바라보며 끊임없이 의문을 품었다.

'2039년이라… 정말 그때쯤이면 동전 같은 건 사라지고 전자화폐만 유통될 텐데. 왜 하필 동전일까?'

그의 머릿속에는 수많은 가정과 추측이 꼬리를 물고 이어졌다. 그러다 문득 한 가지 새로운 가설이 떠올랐다.

'아니야, 어쩌면 이건 우리가 알고 있는 미래가 아닐 수도 있어. 전혀 다른 미래일지 모르잖아?'

곧이어 그의 머릿속을 스쳐 가는 무시무시한 상상이 펼쳐졌다. 2039년, 나치 독일이 전 세계를 정복한 암울한 미래에 그들은 여전히 고대 화폐를 사용하며 '모든 국가는 하나'라는 구호 아래 인류를 철저히 통제했다.

'아니야, 그럴 리가… 하지만 만약 그렇다면?'

전율이 몰려왔다. 평화롭기만 했던 21세기 후반의 지구가 어둠에 잠긴다면 과연 어떤 참혹한 일이 벌어질지 짐작조차 되지 않았다.

'이 동전, 대체 무슨 이야기를 품고 있는 거야.'

미래에서 왔다면 과거인 지금으로 어떻게 되돌아 온 것일까? 시간 여행일까? 아니면 차원 이동일까? 아무도 그 정체를 가늠하기 힘들었다. 마모된 상태로 보아 오랜 시간 동안 많은 사람의 손을 거쳤음이 분명했다. 아니면 미래에서 먼 과거로 돌아오는 과정에서 마모된 것일까?

초자연 프로젝트, 필라델피아

아인슈타인의 비밀 프로젝트

1943년, 제2차 세계대전의 흐름이 독일에 유리하게 전개되고 있었다. 유럽 대부분을 정복한 나치 군대는 이제 대서양을 장악하며 연합국의 물자 수송선을 가로막고 있었다.

"이대로라면 우리는 곧 궁지에 빠질 것이다. 우리가 반격할 무기가 필요해!"

미국 정부는 절체절명의 위기 속에서 비밀 프로젝트에 착수했다. 바로 '필라델피아 프로젝트'였다. 천재 물리학자 알베르트 아인슈타인과 니콜라 테슬라가 이 프로젝트에 투입되었다.

"우리가 성공한다면 전쟁의 판도를 뒤집을 수 있을 것입니다."

프로젝트의 목표는 충격적이었다. 테슬라가 발명한 변압기

물자 수송선을 가로막는 나치 군함

와 아인슈타인의 통일장 이론을 결합해 함선 주변에 초강력 자기장을 형성한다는 것이었다. 그렇게 되면 빛이 투명해지며 배도 투명한 상태가 될 터였다.

"그렇게 되면 적의 레이더에도 포착되지 않을 것입니다. 마치 배가 사라진 것 같겠죠?"

배를 투명하게 만들어 적의 눈에 보이지 않게 한다. 이게 가능할지 의구심이 들기도 했지만, 당시 상황에서는 어떤 도전이라도 해 볼 수밖에 없었다.

"우리는 반드시 성공해야 합니다. 이 프로젝트 성공 여부가 전쟁의 향방을 가를 것입니다."

과연 이 미스터리한 필라델피아 프로젝트는 성공할 수 있었을까? 의구심과 기대감이 교차하는 가운데, 실험은 착착 진행되어 갔다.

"모든 준비를 마쳤습니다. 이제 실험을 시작하겠습니다."

사라진 배 그리고 실종

1943년 7월, 필라델피아 앞바다에 엄청난 실험 준비가 한창이었다. 호위함 엘드리지호 주변에는 수천 톤의 장비와 발전기가 연결되어 있었다. 이는 아인슈타인과 테슬라의 지휘 아래 진행되는 비밀 프로젝트의 일환이었다.

"모든 준비를 마쳤습니다. 실험을 시작하겠습니다!"

발전기가 가동되자 1,500억 볼트의 초고압 전류가 엘드리지호 주변에 강력한 자기장을 형성했고, 파란 안개가 휘몰아치더

필라델피아 실험

니 배가 갑자기 사라졌다.

"이게 무슨…?"

지휘관과 연구진은 경악을 금치 못했다. 15분 만에 발전기를 끄자 배는 제자리에 나타났다. 구토 증세를 보인 선원들도 있었지만, 결과적으로 배가 사라졌다는 사실에 모두가 성공을 확신했다. 하지만 3개월 후 두 번째 실험에서 엄청난 참사가 벌어졌다. 이번에는 181명의 승무원이 탑승한 상태였다. 발전기 가동과 함께 배는 또다시 푸른 안개에 휩싸여 사라졌고, 3시간이 지나서야 발전기를 끌 수 있었다.

그리고 배가 나타났을 때 120명의 선원이 실종된 데다가 대부분이 죽어 있었다. 심지어 구조물에 박혀 끔찍한 형태로 남아 있는 이들마저 있었다.

생존자들은 이렇게 증언했다.

"우린 버지니아로 순간이동을 했어요…"

하지만 그들 대부분이 정신이상 증세와 기억상실증을 보여 신빙성이 많이 떨어졌다. 배가 정말 다른 공간을 이동했다는 주장은 터무니없는 말처럼 들렸다. 하지만 현장의 참혹한 모습은 그 어떤 설명으로도 합리화할 수 없었다. 실종자 120명의 존재와 피해 선원들 그리고 구조물과 하나가 된 이들까지. 도대체 어떤 일이 일어났던 것일까?

의문만 남긴 엘드리지호

많은 미스터리를 남긴 채 필라델피아 프로젝트는 종료되었다. 미 정부는 이 초자연적인 사건의 존재 자체를 은폐하려 했다. 실험에 사용된 엘드리지호는 개조 후 즉시 폐기되었고 관련 자료 일체가 봉인되었다.

하지만 이 사건은 천문학자 모리스 제섭에 의해 세상에 알려지게 되었다. 제섭은 생존 선원 칼 앨런의 증언을 바탕으로 책을 출간했다. 그러나 출간 직후 그는 갑작스러운 죽음을 맞이했고, 이는 더욱 의문을 증폭시키게 된다.

이후 다른 생존자들의 증언도 잇따랐고, 필라델피아 프로젝트는 전 세계적인 관심사가 되었다. 배는 정말 다른 차원이나 시공간을 여행했을까? 그 충격으로 선원들이 정신이상을 겪었

실험에 사용된 엘드리지호

다면 그들이 목격한 것은 무엇이었을까? 실종된 120명은 어디로 갔는가? 아니면 모든 게 방사선 누출로 인한 환영이었을까?

수많은 의문이 남았지만, 진실은 영원히 베일에 가려질지도 모른다. 정부의 은폐 속에서 엘드리지호의 비극은 오랜 세월 동안 미스터리로 남게 되었다. 그 누구도 이 사건의 전모를 밝히지 못했다. 다만 필라델피아 프로젝트라는 이름으로 전해져 내려오는 이야기들만이 당시의 궁금증과 공포를 대신 말해 주고 있을 뿐이다.

인류는 끝내 초자연적 현상의 실체에 다가서지 못했다. 필라델피아의 비극은 영원한 미스터리로 남아, 우리의 호기심을 영원히 자극하며 시간을 초월할 것이다.

사후세계는 존재하는가

영혼은 존재하는가

어느 날 밤, 한 노인이 자신의 서재에 홀로 앉아 있었다. 그의 주름진 손가락이 오래된 양피지 위를 천천히 움직였다. 그리고 그가 입을 열었다.

"영혼이라… 그 신비로운 존재에 대해 인간은 얼마나 많이 고민했던가."

노인은 책장 속에서 낡은 양피지 문서 하나를 꺼내 들었다. 그 안에는 수많은 생각과 경험이 적혀 있었다.

"고대 이집트인들은 죽은 자의 육체를 미라로 만들어 보존했지. 그들은 영혼이 다른 세계로 떠나가기 전에 잠시 쉬어갈 수 있는 장소를 마련하고자 했던 것이야."

노인은 한숨을 내쉬며 문서를 천천히 넘겼다. 그리고 이내 눈을 감았다.

"그렇게 오랜 세월이 흘러 문화권마다 천국과 지옥의 개념이 생겨났다네. 죽음 이후에 열리는 또 다른 세계에 인간의 갈망이 반영된 터."

잠시 침묵이 흘렀다. 노인은 자신의 기억 속 수많은 경험을 되새기고 있었다.

"하지만 과연 그것이 진실일까? 영혼이라는 존재가 과연 실재하는 것일까?"

그가 중얼거렸다.

"이를 증명하고자 했던 많은 이들의 노력도 있었지만, 아직도 수수께끼로 남아 있는 것이 사실이야. 어떤 이들은 사람이 죽을 때 몸무게가 줄어든다고 하더군. 이는 영혼이 몸을 떠났기 때문이라고 해석했지. 또 다른 이들은 뇌파 실험을 통해 의식 상태의 변화와 함께 새로운 차원의 경험을 하는 사례들을 보고하기도 했다네."

노인은 잠시 생각에 잠겼다가 다시 입을 열었다.

"과연 언젠가 우리는 이 수수께끼의 답을 찾아낼 수 있을까? 죽음 이후의 세계에 대한 인간의 갈망은 결코 사그라지지 않는 것 같다네."

창밖으로 보이는 어둠 속에 홀로 켜진 촛불이 흔들렸다. 노인은 그 불빛을 바라보며 깊은 생각에 잠겼다.

"과연 영혼이라는 존재는 실재하는 것일까? 과학으로는 결코 완벽하게 증명할 수 없지만, 그렇다고 우리가 그것을 부정할 순 없는 것이 사실인 터."

노인은 양피지 문서를 천천히 넘겼다. 수많은 사람이 남긴 경험과 고민이 그 속에 담겨 있었다.

"죽음을 앞둔 이들의 초월적 경험, 그리고 임종 순간 관찰된 비밀스러운 현상들… 아직 우리는 그것들의 본질을 완전하게 이해하지 못하고 있다네."

그의 손가락이 문서 위를 천천히 움직였다.

"하지만 우리는 계속해서 이 신비를 탐구해 나가야 할 것이오. 영혼의 존재를 규명하기 위해서 말이지."

노인은 잠시 생각에 잠겼다가 다시 입을 열었다.

"그리고 언젠가 우리가 그 진실을 마주할 날이 올 것이라 믿네. 죽음 이후의 세계에 대한 깊은 통찰을 얻게 될지도 모르는 것이오."

그의 눈빛이 반짝였다.

"누구도 예측할 수 없는 그 깨달음이 우리에게 무슨 영향을 미칠지… 그것이 바로 이 수수께끼의 진정한 가치가 아닐까?"

노인은 천천히 양피지 문서를 덮었다. 그리고 다시 한번 창밖을 바라보며 깊은숨을 내쉬었다.

"영혼의 신비… 인간은 영원히 이 수수께끼를 풀어 나갈 것이다."

유체 이탈 실험, 어웨어 프로젝트

　세상을 떠난 이들이 경험했다는 초월적인 체험, 이른바 '임사체험'은 오래전부터 많은 이들의 관심을 끌어왔던 주제였다. 과연 죽음의 문턱에 선 이들이 목격했다는 사후세계의 모습은 실재하는 것일까?

　영국의 의학 교수 샘파니아 박사는 이 수수께끼를 규명하고자 대규모 프로젝트를 시작했다. 2008년부터 2012년까지 미국과 유럽의 25개 대학병원에서 진행된 이 실험은 '어웨어 프로

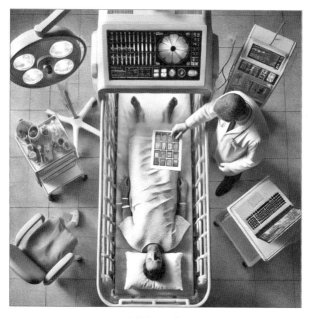

어웨어 프로젝트

젝트'라 불렸다.

연구진은 중환자실 천장 근처에 특수 문양이 그려진 카드를 놓았다. 그리고 심정지 환자들이 깨어날 때 그 문양을 기억할 수 있는지 확인하고자 했다. 만약 임사 체험자들의 증언처럼 유체 이탈을 경험했다면, 그 카드의 문양을 알아챌 수 있을 것이라 예상했기 때문이다.

결과는 다소 애매모호했다. 전체 실험 대상자 15,000명 중 단 15%만이 정답에 근접한 답변을 내놓았다. 나머지 85%는 틀린 답을 말했거나 임사체험 자체를 경험하지 못했다고 응답했다.

이를 두고 일부는 이 실험이 성공적이었다고 평가했지만, 또 다른 이들은 실패작이라고 비판했다. 과연 이 프로젝트는 영혼의 존재를 입증하는 데 성공했을까?

실험 결과만으로는 단정 지을 수 없다. 하지만 적어도 15%의 참가자들이 임사체험을 통해 초월적인 경험을 했다는 사실은 주목할 만하다.

그들이 목격했다는 유체 이탈, 빛나는 터널, 그리고 소중한 이들과의 재회 등은 사후세계의 존재를 시사하는 것일지도 모른다.

유체 이탈을 경험한 '마리아'라는 여성의 경우, 병원 3층 병실 안에 있던 테니스화의 모습을 정확히 기술했고, 실제로 그 테니스화가 그곳에 놓여 있는 것이 발견되었다.

이는 단순한 환상이나 꿈이 아닌, 실제로 목격한 현장의 모습이었다. 그렇다면 과연 이들이 주장하는 유체 이탈과 사후세계의 존재는 진실일지도 모른다. 하지만 전체 실험 대상자 중 15%만이 이러한 경험을 했다는 점은 여전히 의문을 남긴다. 만약 영혼과 사후세계가 실재한다면, 모든 이들이 그것을 경험했어야 하지 않을까?

아마도 이는 개인차일 수도 있다. 어떤 이들은 영적 감수성이 더 높아 그러한 체험을 할 수 있었겠지만, 나머지는 그렇지 못했을 수 있다. 또한 의식 상태나 심리적 요인 등 다양한 변수가 작용했을 수도 있다.

결국 이 실험만으로는 영혼의 존재를 명확히 증명할 수 없다. 하지만 적어도 일부 참가자들의 경험은 우리에게 새로운 단서를 제공했다.

앞으로 이 연구를 더 발전해 나간다면, 우리는 영혼과 사후세계의 실체에 한 걸음 더 다가갈 수 있을지도 모른다. 그리고 언젠가는 죽음 이후의 진실을 해명할 수 있게 될 것이다.

영혼의 무게를 밝히려 했던 맥두걸 프로젝트

1901년, 미국의 내과 의사 던컨 맥두걸 박사는 파격적인 실험을 단행했다. 그는 '영혼도 물질이며, 그 존재를 물리적으로 증명하겠다'는 당찬 포부를 품고 있었다.

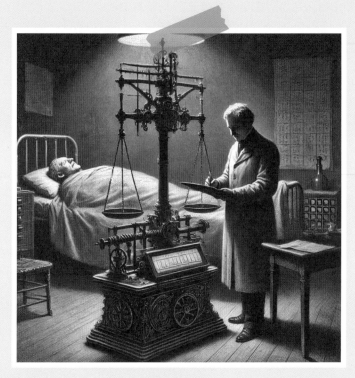

맥두걸 프로젝트

맥두걸 박사의 가설은 이랬다. 영혼에도 무게가 있을 것이며, 사람이 죽을 때 영혼이 육체를 떠나면서 시신의 무게도 변화하리라는 것이었다. 그는 이 미세한 무게 변화를 측정해 내면 영혼의 존재를 입증할 수 있으리라 확신했다.

곧바로 그는 보스턴의 한 결핵 센터에서 임종 직전의 환자 6명을 대상으로 실험을 진행했다. 환자 침대 아래에 정밀 저울이 설치했고, 박사는 환자가 숨을 거두는 그 순간까지 지켜보며 무게 변화를 관찰했다.

결과는 경이로웠다. 환자들이 사망하는 순간, 그들의 무게가 약 21g가량 줄어든 것이다. 이는 마치 무언가가 육신을 떠나가며 발생한 변화와도 같았다. 게다가 맥두걸 박사는 15마리의 개에게도 같은 실험을 했지만, 동물에게서는 무게 변화가 관찰되지 않았다.

'영혼의 무게는 21g이며, 오직 인간에게만 존재한다!'

1907년, 맥두걸 박사는 자신의 발견을 세상에 공개했다. 하지만 연구원 대부분은 회의적인 반응을 보였다. 어떤 의사는 사람이 죽으면 체온 상승으로 발한이 일어나 21g쯤 무게가 줄수 있다며 의학적으로 반박하기도 했다. 하지만 동시에 많은 비판과 의구심에 직면했다.

그리고 실험 대상자 수가 너무 적었다는 지적이 있었다. 고작

6명의 환자만을 대상으로 한 결과를 인류 전체에 대입하기에는 역부족인 것이다. 통계적 신뢰성이 부족했다는 비판이었다.

또한 실험 결과에 일관성이 없었다는 점도 문제로 지적되었다. 어떤 환자는 사망 직후 무게 변화가 있었지만, 다른 환자는 몇 분이 지나서야 무게가 줄어들었다. 이는 영혼이 육체를 떠나가는 시점이 제각각이었음을 의미한다.

무엇보다 실험 방법 자체의 정확도에 의문이 제기되었다. 정밀 저울의 오차 범위나 사망 시점을 정확히 판단하는 것 등이 쉽지 않았을 것이라는 지적이었다. 아주 작은 실수가 있었다면 결과가 왜곡될 수 있었다.

맥두걸 박사는 이러한 비판에도 불구하고 자신의 실험 결과를 굳건히 믿었다. 하지만 여전히 동료 연구원은 회의적이었다. 영혼이라는 개념 자체를 과학적으로 증명하기 어렵다는 것이 그 이유였다.

결국 맥두걸 프로젝트는 영혼의 실체를 밝히지 못한 채 역사의 뒤안길로 사라지고 말았다. 하지만 이 실험은 분명 인간의 궁극적 관심사인 '영혼'에 대한 새로운 접근을 시도했다는 점에서 의의가 있다.

과연 영혼은 실재하는 것일까? 그 무게는 정말 21g일까? 맥두걸 박사의 연구는 이 오랜 수수께끼에 대한 새로운 시각을 제시했지만, 동시에 더 많은 의문을 남겼다. 앞으로도 많은 연구자가 이 주제에 도전할 것이며, 언젠가는 영혼의 실체에 대한 해답을 찾아낼 수 있을 것이다.

맥두걸 프로젝트 이후에도 영혼의 존재를 과학적으로 규명하려는 노력은 계속되었다. 하지만 대부분의 실험은 결정적 증거를 찾아내지 못한 채 애매모호한 결과에 그치고 말았다. 영혼은 물질적인 실체가 아닌 정신적, 초월적 개념이기 때문이다.

기존의 과학적 방법론만으로는 그 본질을 완벽히 포착하기 어려운 것이 사실이었다. 하지만 포기할 수는 없었다. 인류는 태초부터 이어져 온 영혼에 대한 갈망을 영원히 간직하고 있었기 때문이다. 죽음 이후의 세계에 대한 궁금증과 호기심은 계속해서 연구진을 자극했다.

최근에는 첨단 기술의 발달로 새로운 방법론이 등장하고 있다. 뇌파 측정, 의식 상태 관찰, 가상현실 기술 등을 활용해 임사체험과 같은 초월적 경험을 재현하고 분석하는 실험들이 행해지고 있다.

이를 통해 우리는 점점 더 영혼의 실체에 다가간다. 비록 아직 완벽한 해답은 없지만, 새로운 단서들을 하나씩 발견해 나가고 있다.

스콜 실험, 사후세계와의 기이한 소통

1993년부터 1998년까지 5년에 걸쳐 진행된 스콜 실험은 20

세기 가장 신비로운 실험 중 하나로 꼽는다. 영국 노포크 주의한 시골 농가에서 4명의 심령학자는 라디오를 매개로 사후세계와 교신하려 했다.

실험 방식은 간단했다. 게르마늄 전자 장치, 필름 카메라, 라디오만 있으면 되었다. 특별한 점은 라디오에서 '마누'라는 남성의 목소리가 들린다는 것이다. 그는 자신을 사후세계의 문지기라 소개하며 이들에게 특별한 접촉 권한을 부여했다.

이내 기이한 일들이 벌어지기 시작했다. 마누는 허공에서 귀금속을 만들어 내기도 했고, 다른 영혼들을 초대하기도 했다. 카메라에는 미지의 얼굴들이 찍혔다. 마치 영혼들의 모습인 것 같았다.

소식이 퍼지자 전 세계인들이 열광했다. 가족을 먼저 떠나보낸 이들은 스콜 실험을 통해 그들의 목소리를 듣고자 했다. 일부는 실제로 가족의 음성을 들었다고 주장했다.

하지만 의혹도 함께 제기되었다. 연구팀은 에든버러 대학 교수와 심령연구 학회 박사 앞에서 라디오 부품을 모두 제거한 뒤 실험을 재개했다. 그랬더니 마누의 목소리가 여전히 들렸고, 전문가들도 조작이 없었다고 증언했다.

5년 만에 실험은 전격 중단되었다. 연구팀은 "마누가 요청한 차원의 문을 만들자 악령들이 나타나 위험해졌다"고 발표했다. 하지만 일각에서는 '관심이 부담스러워 도망쳤다'는 의혹도 제기되었다.

스콜 실험의 진위는 여전히 미스터리다. 하지만 이 실험은 사후세계에 대한 인간의 오랜 궁금증을 보여 준다. 이것은 인간에게 큰 위안이 될 것이다. 우리는 모두 언젠가 이 세상을 떠나야 하지만, 사후세계가 있다면 그 두려움으로부터 자유로워질 수 있을 것이다.

스콜 실험은 비록 논란의 여지가 있지만, 사후세계의 가능성을 열었다는 점에서 의의가 있다. 마누는 실제로 존재했는지, 아니면 단지 실험 참가자들의 착각이었는지는 알 수 없다. 하지만 그들이 경험한 기이한 현상들은 사후세계에 대한 믿음을 더욱 굳건하게 만들었다.

특히 일부 참가자들이 직접 가족의 목소리를 듣고 그들의 존재를 실감했다는 증언은 매우 흥미롭다. 이는 단순한 환청이나 환각이 아닌, 실제로 경험한 초자연적 현상일 가능성이 크다.

물론 회의적인 시선도 존재한다. 스콜 실험의 방식이 지나치게 비과학적이라는 지적이다. 라디오를 통해 사후세계와 소통한다는 개념 자체가 터무니없다는 것이다.

하지만 우리의 문명이 아직 규명하지 못한 영역이 너무나 많다는 점을 상기해본다면, 이를 전적으로 부정하기는 어렵다.

결국 스콜 실험이 진실인지, 아니면 거짓인지는 현재로서는 단정 지을 수 없다. 하지만 이 실험이 남긴 의미는 매우 크다. 인간이 사후세계에 대해 갖는 원초적인 호기심과 열망을 잘 보여 주기 때문이다.

앞으로도 많은 연구원이 이 주제에 도전할 것이다. 첨단 과학 기술의 발달로 새로운 방법론들이 개발되고 있다. 언젠가는 우리가 죽음 이후의 세계를 완벽히 이해할 수 있는 날이 올 것이라 기대해 본다.

죽음 이후에도 삶이 존재한다면, 그것은 인간에게 큰 위안이 될 것이다.

지구 속 또 다른 지하세계

이곳은 새로운 지하세계입니다

1829년 4월의 그 날, 북극해는 평소와 달리 거칠었다. 노르웨이 어부 옌슨 얀센과 아들 올랍은 배에서 종일 고기를 잡아 시장에 내다 팔 준비를 하고 있었다.

"이 근처에서 더는 고기가 안 잡히는걸? 여행이나 가면서 다른 조업지를 찾아볼까?"

옌슨의 말에 올랍은 고개를 끄덕였다. 그리하여 부자는 북극해로 향하는 여정을 시작했다.

"아버지, 제가 잠시 눈 붙일 테니 무슨 일 있으면 꼭 깨워 주세요."

"그래, 알겠다."

북극해 소용돌이

하지만 얼마 지나지 않아 옌센 또한 배에 누워 잠이 들었다.
그러다 몇 시간 후 그들은 믿을 수 없는 광경을 목격하고 말았다.

"아버지! 바다 한가운데에 거대한 구멍이 생겼습니다!"

"이런 엄청난 소용돌이가…!"

강풍과 회오리바람에 휘말린 채 배는 거대한 구멍 속으로 빨려 들어갔다. 잠시 정신을 잃었던 얀센 부자가 다시 눈을 떴을 때, 그들은 완전히 다른 바다에 있었다.

"여기가 어디란 말인가? 물도 단물이고 나침반도 제대로 작동하지 않는구나."

곧 그들은 거대한 키의 주민들을 만나게 된다. 실크 옷과 금 장신구를 착용한 그들은 친절한 모습으로 얀센 부자를 자신들의 배로 초대했다.

"어서 오세요. 이곳은 지상과는 차원이 다른 세계입니다."

지하세계 아가르타

그렇게 얀센 부자는 '아가르타'라는 지하세계로 들어가게 된다. 유리 돔 아래 펼쳐진 이상적인 도시, 인공 태양과 같은 '스모키 갓', 거대한 동식물들까지. 유리 돔 아래 펼쳐진 아가르타의 모습은 마치 환상 속 한 장면 같았다. 지상 세계에서는 상상조차 할 수 없었던 고도의 문명이 여기에 존재했다.

"이곳 사람들은 중력과 에너지를 자유자재로 조절할 수 있습니다."

거인들은 바퀴가 아닌 긴 레일 위를 달리는 이동 수단을 이용했다. 배 또한 증기가 아닌 다른 힘으로 움직였다. 1829년 당시에도 이런 기술력을 갖추고 있었다니 놀라울 따름이었다.

"평균 수명이 600~800세라니, 정말 믿기지 않습니다."

"그렇습니다. 100세가 되어야 성인식을 치르고 결혼할 수 있습니다. 그리고 30년 동안 학교에 다녀야 하는데, 그중 10년은 음악 교육에 전념하죠."

아가르타의 문화와 전통 또한 지상 세계와는 사뭇 달랐다. 얀센 부자가 가장 크게 충격받았던 것은 바로 거대 생물체들의 존재였다.

"저 포도 한 송이가 1.5m나 됩니다! 그리고 한 알 한 알이 오렌지만한 크기라니…"

"그뿐만이 아닙니다. 사과는 인간 머리보다 컸고, 숲의 거목

지하세계 아가르타

들은 300m가 넘었습니다."

모든 것이 거대했다. 규모 자체가 다른 세계였다. 얀센 부자는 그 경이로운 모습에 넋을 잃고 말았다.

빙산 지대로 돌아온 부자

아가르타에서의 2년 반이 지나고, 얀센 부자는 마침내 지상 세계로 돌아가기로 결심했다. 하지만 그 여정은 꽤 위험천만했다.

"예부터 우리는 지상 세계를 자주 방문했습니다. 지구 북쪽과 남쪽 빙결 지대만 통과하면 안전하게 돌아갈 수 있을 것입니다."

아가르타 통치자의 도움으로 그들은 북쪽 빙결 지대를 향해 길을 나섰다. 거대한 얼음산을 오르내리며 살아가는 것은 힘겨운 일이었다. 영하의 날카로운 추위와 강풍을 견뎌내야 했다.

"아버지, 이대로라면 우리가 돌아갈 수 있을까요?"

"걱정하지 마라. 반드시 길이 있을 것이다."

하지만 운명은 그들에게 잔인했다. 어느 날 갑자기 몰아친 눈보라 속에서 옌슨은 길을 잃고 말았다. 올랍은 하늘을 향해 외쳤다.

"아버지! 아버지는 어디에 계신가요?"

대답은 없었다. 그저 휘몰아치는 강풍과 눈발만이 있을 뿐이

지상세계로 가는 부자

었다. 올랍은 혼자 남겨진 채 북극해를 방황해야만 했다. 다행
히 그는 주변을 어슬렁거리던 어부들에게 발견되었다. 하지만
아버지 옌슨의 소식은 계속 궁금할 뿐이었다.

《스모키 갓》, 지하세계를 기록하다

수년 후, 올랍은 어부 생활을 그만두고 아가르타에 대한 경
험담을 풀어 놓기 시작했다.

"내 이야기를 듣고 날 미친 사람으로 여길지도 모르겠구나. 하지만 반드시 이야기해야 할 것 같아서 말이다."

그렇게 올랍의 경험담은 《스모키 갓》이라는 제목의 책으로 정리되어 세상에 나오게 되었다. 책에는 아가르타의 문명 수준, 주민들의 생활 모습 그리고 무엇보다 성경에 등장하는 유프라테스강, 기혼강 등의 지명이 자세히 기술되어 있었다. 이를 근거로 일부에서는 인류 문명의 기원이 지하세계에서 비롯되었을 가능성을 제기했다.

'혹시 우리가 알고 있는 노아의 방주 이야기도 사실은 지하세계에서 실제로 일어난 일을 바탕으로 한 것은 아닐까? 시간이 흐르면서 지상세계의 신화로 변질되어 전해진 건 아닐까?'

올랍의 이야기는 많은 이들의 상상력을 자극했다. 지하세계의 실체가 드러날 것이라는 기대와 함께 말이다. 하지만 여전히 많은 사람들은 그의 말을 믿지 않았다.

지하 문명이 존재한다는 것 자체를 받아들이기 힘들었기 때문이다. 올랍 또한 이를 인지하고 있었다.

"대부분의 사람들이 날 미쳤다고 여길 거라는 건 알고 있었어. 하지만 내가 본 것은 사실이야. 죽기 전에 꼭 이야기를 해야겠다고 생각했어."

올랍의 나이 70세가 되던 해, 그는 임종 직전 친구 엠머슨에게 이렇게 말했다. 그리고 그 후 세상을 떠났다.

지하세계 아가르타의 존재 여부는 여전히 미스터리로 남아

있다. 하지만 올랍 얀센의 이야기는 우리에게 끝없는 상상력을
불러일으킨다. 언젠가는 그 실체가 밝혀지리라는 기대와 함께
말이다.

우주세포설

우주의 모습

오래전 중세 시대, 지식인들이 모여 앉아 이 세상의 신비에 대해 깊이 토론하던 밤이었다. 그들은 우주의 모습이 어떠할지 그리고 인간은 과연 이 우주 안에서 어떤 위치를 차지하고 있는지 고민하고 있었다.

"우리가 마법의 힘으로 이 끝없는 우주를 내려다볼 수 있다면, 그 모습은 어떨까요?"

"우주에 끝이 어디 있겠는가? 이 우주는 무한하여 그 모습을 알 길이 없다."

그러나 지혜로운 이들은 우리가 직접 그 끝을 가보지 않더라도 우주 전체의 모습을 짐작할 방법이 있음을 알고 있었다. 바로 '프랙탈 우주론'이라 불리는 가설이다.

"자, 이 세상의 모습을 보라."

한 노인이 말했다.

"나무의 가지, 눈송이, 푸른 브로콜리, 하늘을 덮친 구름, 고사리 잎사귀, 험준한 산맥 그리고 번개의 모습까지. 이 모든 것이 하나의 공통점을 지니고 있다네. 부분과 전체가 동일한 형상으로 끊임없이 반복되는 구조를 하고 있다는 것이지. 우리는 이를 자기 유사성, 프랙탈의 구조라 부른다."

노인이 말을 이었다.

"우리의 눈동자, 이 광활한 우주, 생명체가 탄생하는 과정, 별이 죽어가는 모습까지. 모든 것이 이 프랙탈의 구조를 따르고 있다네."

그러자 청년 한 명이 일어나 말했다.

우주 또한 하나의 생명체다

"만약 우주에 끝이 있다면 그곳 역시 이 프랙탈의 구조가 아닐까요? 지금 우리가 관찰할 수 있는 범위에서도 프랙탈 구조가 확인되었으니, 우주 전체 또한 하나의 거대한 자연물일지도 모릅니다."

청년의 말에 다른 이들은 경탄을 금치 못했다. 여러 개의 산이 모여 하나의 거대한 산맥을 이루고, 수많은 나뭇가지가 하나의 나무를 이루듯이, 이 우주 또한 자연의 법칙을 따르는 하나의 생명체일지도 모른다는 것이었다.

"자연은 참으로 경이로운 법칙을 지니고 있다네."

노인이 말했다.

"작은 것이 큰 것을 이루고, 그 큰 것 또한 더 큰 것의 일부가 되는 구조로서 말이야. 이것이 바로 프랙탈 우주론이 말하는 바이니, 우주 역시 이 자연의 법칙에서 벗어나지 않을 것이야."

이때 다른 청년이 일어나 외쳤다.

"하지만 이는 어디까지나 가설에 불과합니다. 우리가 아직 그 끝을 가보지 못했다면 어찌 그 모습을 단언할 수 있겠습니까? 프랙탈이라는 구조가 과연 우주 전체에 적용된다는 것을 어떻게 증명하죠?"

"옳은 말이다."

노인이 고개를 끄덕였다.

"하지만 우리가 지금 알고 있는 바에 근거해 이런 추측을 해볼 수 있지 않겠는가? 인간의 지혜는 이렇듯 작은 것에서 출발해 점점 더 큰 진실을 밝혀내는 것이야."

그러자 청년도 고개를 끄덕였다. 그날 밤, 그들은 우주의 신비에 대해 더 깊은 이야기를 나누며 지혜를 쌓아갔다.

뉴런과 우주

그렇게 시간이 흘러, 2006년 8월, 프랙탈 우주론에서 한 걸음 더 나아간 새로운 가설이 등장했다. 바로 '우주세포설'이었다. 한 연구원이 두 장의 사진을 보여 주며 말했다.

"이 두 모습을 확인해 보시길 바랍니다."

한 장은 인간의 뇌 속 신경세포인 뉴런의 모습이었고, 다른 한 장은 우주의 탄생과 진화를 시뮬레이션한 이미지였다. 비록 그 크기의 차이는 엄청났지만, 그 형태만은 놀랍도록 유사했다.

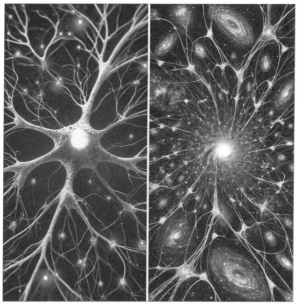

(왼) 사람의 신경세포 뉴런 (오) 우주 탄생 시뮬레이션

"프랙탈 우주론에 따르면, 크기는 중요하지 않습니다. 중요한 것은 우주의 생김새가 마치 뇌세포와 닮았다는 사실이죠. 우리 우주 역시 어떤 거대 생명체의 뇌세포일지도 모를 일입니다.

우리 인간은 바로 그 세포의 일부인지도 모르고요. 더 나아가, 이 우주 밖에도 또 다른 세포들이 수없이 많이 존재할 것입니다."

거시세계와 미시세계

"지구에서 100억 광년 밖의 거시세계부터 우리 몸속 미시세계를 확인해 보시죠. 100억 광년 밖에 수천억 개의 은하가 촘촘히 모여 있는 모습과 10억 광년에 각각의 은하들이 그물망처럼 연결된 풍경, 1억 광년에 우리 은하가 포함된 거대 은하단, 점점 가까워지며 우리 은하와 태양계 그리고 마침내 한 인간의 모습까지 그리고 인간의 세포 속으로 들어가 점점 작아지는 세계피부, 콜라겐, 림프구, DNA, 원자핵에 이르기까지."

연구원 모두는 거시세계와 미시세계가 보여 주는 놀라운 유사성에 그들은 깊이 감탄했다.

"은하에서부터 원자의 핵에 이르기까지 그 구조가 얼마나 닮아 있는지가 보이십니까? 과연 우리 우주가 하나의 거대한 생명체일지도 모르겠습니다."

연구원 제이슨은 말을 이어갔다.

"그렇다면 우리 인간도 그 생명체의 일부인 셈이로군요. 마치 우리 몸의 세포와도 같은 존재라고 할 수 있겠어요. 더 나아가, 이 우주 밖에도 또 다른 세계, 다른 생명체들이 존재할 수도요. 우리는 그저 한 세포에 불과한 게 아닐까요?"

인간의 뇌와 우주

이윽고 2020년 11월, 국제 학술지 〈Frontiers in Physics〉에서 놀라운 진실 하나가 공개된다. 한 천문학자와 신경외과 의사가 공동으로 진행한 연구에서, 인간의 뇌와 우주가 단순히 모양만 닮은 것이 아니라 여러 가지 수치적인 면에서도 놀라울 정도로 유사하다는 사실이 드러난 것이다.

연구팀은 인간의 소뇌에 존재하는 약 700억 개의 뉴런과, 우주에 있는 1,000억 개의 은하를 서로 비교해 보았다. 그리고 놀랍게도 이 둘 사이에는 여러 가지 놀라운 유사점이 발견되었다.

'먼저, 뉴런과 은하는 모두 각각의 링크를 통해 상호작용하며, 마치 그물망과 같은 복잡한 네트워크를 이루고 있다. 그리고 그 네트워크 속에서 각각의 뉴런과 은하가 가지는 평균 링크 수가 3개에서 5개로 매우 비슷한 수치를 보이고 있다.

뉴런과 뉴런 사이, 은하와 은하 사이에 교환되는 정보와 에너지의 양도 각 시스템 전체 질량의 약 25%로 일치한다. 이는 과연 자연의 신비를 보여 주는 증거가 아닌가?

우리가 알고 있던 세상의 법칙이 과연 크기에 상관없이 모든 곳에 적용되고 있다니, 이는 참으로 경이로운 일이다.'

그뿐만이 아니었다. 연구진에 따르면 뇌의 수분 비율과 우주의 암흑에너지 비율이 똑같으며, 이는 단순한 우연이 아니라 자연이 지니고 있는 근본적인 법칙이 여기에 반영되어 있는 것이 분명했다.

여기서 몇가지 의문이 든다.

'우리 인간은 과연 이 우주와 세포 사이에서 어떤 존재일까?'

'우리는 과연 어디에 자리하고 있는 것일까'

이 질문들에 연구진은 이렇게 답했다.

"아마도 몸 안의 수많은 세퍼처럼 우리는 이 거대한 생명체의 한 세포일지도 모르겠다. 그렇다면 우리 주변의 모든 것들도 그 생명체를 이루는 세포일 것이다.

나무와 바위, 강물과 하늘 모두가 말이다. 우리의 존재 자체가 이 광활한 우주와 하나가 되었으며, 우리는 그저 세포일 뿐이지만 동시에 전체이기도 하다."

어쩌면 우리는 거대 생명체의 세포에 불과할까?
단지 확실한 건 우주의 구조와
생명체의 세포 구조가 같다는 사실뿐이다.
진실은 아무도 알지 못한다.

출처

1장_신이 남긴 흔적

13쪽 https://www.flickr.com/photos/carlosreusser/8241961035

17쪽 https://www.flickr.com/photos/carlosreusser/8242740762

21쪽 https://www.flickr.com/photos/101561334@N08/9816071844

24쪽 https://www.flickr.com/photos/wbayercom/52173975439

26쪽 https://www.flickr.com/photos/wbayercom/52172715767

30쪽 https://www.flickr.com/photos/183581389@N06/53731144728

35쪽 https://www.flickr.com/photos/image-catalog/21230276509

36쪽 https://www.flickr.com/photos/wasifmalik/44949844454

41쪽 https://www.flickr.com/photos/101561334@N08/16300900300

43쪽 https://www.flickr.com/photos/101561334@N08/9757773961

47쪽 〈Codex Gigas: The Biggest Book in History Is Also the Devil's Bible〉, Andrei Tapalaga, historyofyesterday, 2022

49쪽 https://commons.wikimedia.org/wiki/File:Devil_medium.jpg

54쪽 https://www.flickr.com/photos/131531085@N04/16459809307

55쪽 https://ko.photo-ac.com/photo/592460

2장_세상에 존재하는 신비의 공간

65쪽 https://www.flickr.com/photos/mustangjoe/53227964375

66쪽 https://www.flickr.com/photos/130817154@N04/24211972286

70쪽 https://ko.photo-ac.com/photo/22992095

72쪽 https://en.wikipedia.org/wiki/Dendera_light

89쪽 https://en.wikipedia.org/wiki/Bosnian_pyramid_claims

90쪽 https://en.wikipedia.org/wiki/Bosnian_pyramid_claims

95쪽 https://en.wikipedia.org/wiki/Piri_Reis_map

97쪽 https://commons.wikimedia.org/wiki/File:Noua,_et_integra_
uniuersi_orbis_descriptio_LOC_2005630228.tif

98쪽 https://commons.wikimedia.org/wiki/File:World_Map_on_Double_
Cordiform_Projection_WDL6766.png

105쪽 https://conlang.fandom.com/pt/wiki/Naacal

112쪽 https://ko.wikipedia.org/wiki/리차트구조

3장_초자연 현상의 목격자

123쪽 〈The Curious Tale of the "Chronovisor"〉, Timgebhart.prairieprogr
essive, 2021

154쪽 〈This Betz Sphere Mysterious Ball, Found In 1974 In The US,
Could Move On Its Own〉, Buzz Staff, news18, 2024

177쪽 https://ko.wikipedia.org/wiki/필라델피아실험

어쩌면 당신이 원했던

미스터리 문명

・ II 잃어버린 문명 ・

펴낸날	초판 1쇄 2024년 8월 30일
지은이	김반월의 미스터리
펴낸이	강진수
편 집	김은숙, 설윤경
디자인	이재원
인 쇄	(주)사피엔스컬쳐
펴낸곳	(주)북스고 **출판등록** 제2024-000055호 2024년 7월 17일
주 소	서울시 서대문구 서소문로 27, 2층 214호
전 화	(02) 6403-0042 **팩 스** (02) 6499-1053

ISBN 979-11-6760-080-6 03800

책 출간을 원하시는 분은 이메일 booksgo@naver.com로 간단한 개요와 취지, 연락처 등을 보내주세요.
Booksgo는 건강하고 행복한 삶을 위한 가치 있는 콘텐츠를 만듭니다.